# Conto comigo

CIP-BRASIL. CATALOGAÇÃO NA PUBLICAÇÃO
SINDICATO NACIONAL DOS EDITORES DE LIVROS, RJ

T629c     Tonin, Juliana
            Conto comigo : cronicontos / Juliana Tonin. – 1. ed. – Porto Alegre [RS] : AGE, 2023.
            127 p. ; 14x21 cm.

            ISBN 978-65-5863-247-4
            ISBN E-BOOK 978-65-5863-248-1

            1. Contos brasileiros. I. Título.

            23-86616            CDD: 869.3
                                   CDU: 82-34(81)

Gabriela Faray Ferreira Lopes – Bibliotecária – CRB-7/6643

Juliana Tonin

# Conto comigo
cRoniCONTOS

Editora AGE

PORTO ALEGRE, 2023

© Juliana Tonin, 2023

*Capa:*
Nathalia Real,
utilizando imagem da Shutterstock/Ground Picture

*Diagramação:*
Júlia Seixas

*Supervisão editorial:*
Paulo Flávio Ledur

*Editoração eletrônica:*
Ledur Serviços Editoriais Ltda.

Reservados todos os direitos de publicação à
**LEDUR SERVIÇOS EDITORIAIS LTDA.**
editoraage@editoraage.com.br
Rua Valparaíso, 285 – Bairro Jardim Botânico
90690-300 – Porto Alegre, RS, Brasil
Fone: (51) 3223-9385 | Whats: (51) 99151-0311
vendas@editoraage.com.br
www.editoraage.com.br

Impresso no Brasil / Printed in Brazil

*Para Gabriel e Catarina, protagonistas
da minha melhor história de vida.*

*Para Gabriel e Catarina, protagonistas
da minha melhor história de vida.*

# Apresentação

Conheci Juliana Tonin por meio de um amigo comum, o escritor, advogado e professor Mauro Fiterman, que me indicou a ela para uma consultoria em linguagem.

Combinamos realizar dois encontros virtuais mensais, com duração de uma hora cada. Esses encontros eram precedidos da elaboração de um conto que ela me enviava para avaliação e possíveis retoques de linguagem. Durante o encontro o conto era lido em voz alta, com paradas sempre que houvesse algum comentário ou retoque a fazer, a começar pelo título.

Desde o primeiro conto, percebi que aí estava uma escritora carente apenas de alguém que a estimulasse. No decorrer do processo, meu trabalho na tentativa de retocar a linguagem foi diminuindo até quase zerar. Juliana estava pronta para lançar seu primeiro livro de textos de criação literária.

Nos primeiros textos havia uma rica história, caracterizando um conto, até o momento em que a autora dava um salto no tempo para introduzir aspectos da realidade contemporânea, quando do conto seguia rumo à crônica, deixando para o leitor aquilo que Juliana justifica como "proposta de fortalecimento dos vínculos nas relações humanas". Foi aí que resolvemos chamá-los de cronicontos.

Por que essa denominação? A distinção entre conto e crônica parece muito óbvia à distância, mas na intimidade dos gêneros literários muitas vezes é difícil estabelecer a linha divisória. A estrutura dos textos não é linear: às vezes é conto seguido de crônica, outras tantas é conto do início ao fim, mas também há crônicas do início ao fim.

Mas, o que importa mesmo é que a leitura de *Conto Comigo* desliza gostosamente, flui com generosidade e, além disso, recupera para o leitor as melhores lembranças de sua infância e adolescência, aquelas que construíram o adulto de hoje e construirão o de amanhã.

Além do valor literário, por si só um convite para a leitura, os textos inspiram educadores, pais e responsáveis pelo preparo de crianças e adolescentes para os desafios dos futuros adultos. Com sólida formação nas áreas de educação, sociologia e comunicação, que inclui pós-doutorado na Sorbonne, de Paris, Juliana Tonin alcança nesta obra a difícil missão de aliar a especialização acadêmica com a escrita criativa.

*Paulo Flávio Ledur*
Editor e professor

# Sumário

Introdução ...................................................................... 11
Brincar é coisa séria ....................................................... 14
Marcas de bicicleta ........................................................ 16
Pena de galinha .............................................................. 19
A culpa é de quem? ........................................................ 21
Em obras ........................................................................ 24
Mãe de 11 filhos ............................................................ 28
Minha banda .................................................................. 30
Presente errado .............................................................. 34
Posso ir? ......................................................................... 39
Com que roupa? ............................................................ 42
Eu, mocinha? ................................................................. 45
Todas por uma ............................................................... 48
*Fuego!* .......................................................................... 52
Um corpo, dois mundos ................................................ 56
Botox? ............................................................................ 59
Do mato para a selva .................................................... 62
O mundo me faz maior ................................................. 64
Mundo interior .............................................................. 66
Eu espacial .................................................................... 71
Falar não é preciso ........................................................ 76

Cadê meu carregador?! ...................................................... 79
Partes de mim .......................................................................82
Minha vez de olhar ............................................................ 86
Palavra imortal .................................................................... 90
Conta Comigo ..................................................................... 94
Juntos, sempre ganhamos ................................................ 99
Negra de alma e coração..................................................102
Quem ensina, aprende.....................................................106
Viver é sagrado ................................................................. 110
Anjo da guarda, eu?......................................................... 114
Vida encantada................................................................. 117
Presença da solidão ..........................................................120
Chama do Amor ...............................................................123

# Introdução

**Conto Comigo** é uma proposta de fortalecimento dos vínculos nas relações humanas a partir da escrita de contos inspirados em experiências reais vividas na infância. A obra integra 33 cronicontos, frutos de histórias de infância especialmente narradas por homens e mulheres cujas identidades são mantidas em anonimato.

Além de oferecer-se ao prazer da leitura, o livro pretende inspirar educadores, pais, mães, cuidadores e as próprias crianças e adolescentes a lidar da maneira mais favorável possível com as experiências da vida cotidiana: ganhar um presente, andar de bicicleta, fazer uma viagem, uma apresentação na escola, sofrer um acidente, brincar, esperar pelo Papai Noel, ter um sonho para o futuro, conhecer a religiosidade, despertar para o corpo e para o amor romântico, perceber os sinais da passagem do tempo, compreender o momento presente, conviver com família, irmãos, pai, mãe, tios, avós, ou mesmo com a solidão... São alguns dos temas presentes na obra, comuns e passíveis de muitas versões conforme cada pessoa. Contudo, todos revelam o que nos é transversal: a força de forja de cada pedacinho do ordinário no desenvolvimento e nas escolhas de vida. Essas intenções foram estimuladas pela trajetória de 20 anos de pesquisa e educação da autora no campo da Comunicação, incluindo matérias do imaginário, imagens, contos e sociologia da infância.

Os cronicontos podem ser apreciados como ferramenta para compartilhar biografias, estimular reflexões, diálogos, condutas, valores, virtudes, tudo aquilo que pode aprimorar as relações humanas e conceder ao indivíduo a graça de ser ele mesmo, ungido pela comunidade em que está inserido. As histórias também são um convite aos adultos para relembrarem suas infâncias, reviverem ou mesmo resgatarem alguns tesouros. Ou então, e talvez mais importante, basta que sejam lidos sem finalidade, ordem, pressa, expectativas, entregues ao tempo despretensioso de servir apenas aos anseios do leitor.

A produção dos cronicontos emergiu no processo de oficina individual de escrita realizada em 2022, ministrada pelo Prof. Paulo Flávio Ledur, que atribui esse nome de batismo para o gênero literário que se manifesta. Ele constata a presença de características essenciais do conto que se somam às da crônica, classificação que também define o que se passa no processo de escrita, pois, na prática, há resgate de histórias de infância para contá-las e aproximá-las de cenas e visões do cotidiano da vida atual.

Ao longo daquele ano, após 16 produções de cronicontos baseados em histórias pessoais, foram convidadas 17 pessoas para participarem do projeto, contando alguma de suas histórias de infância, em decisão tomada a partir de seus próprios critérios de escolha. Aos domingos dos meses de setembro e outubro de 2022, compartilhamos nove desses cronicontos no *blog* https://julianatonin.com/categoria/conto-comigo/, em homenagem ao período de celebração do Dia da Criança no Brasil, uma parceria entre a autora, o Prof. Paulo Flávio Ledur e a fotógrafa e ilustradora Clarissa Menna Barreto, que criou as imagens para os nove contos, a partir de seu projeto *Imaginâncias*.

Para o livro, que se impôs devido às positivas mobilizações geradas pelos compartilhamentos dos cronicontos, de naturezas reflexivas, pedagógicas, terapêuticas, as histórias foram sequenciadas em virtude de sua possível aproximação temática, ou seja, olhar para o tema pareceu melhor do que para o tempo, embora se reconheça que este foi, é e sempre será indispensável para fazer progredir a própria soltura da escrita literária.

Ela, por sua vez, exigiu várias escolhas, todas ponderadas com atenção durante o processo de aprendizagem do novo gênero. Duas delas se destacam: a de privilegiar a linguagem e o vocabulário de cada protagonista e a de manter, nos diálogos, a linguagem informal/oral da língua, característicos de Porto Alegre (segunda pessoa do singular conjugada na terceira pessoa no singular – *Tu bem verá...*). Tudo de propósito! Que não se culpe o revisor, ele é excelente! A autora experimentou evocar as marcas do vivido a partir, também, da linguagem espontânea presente nas cenas cotidianas. Então, o croniconto pode igualmente favorecer momentos de aprendizagem na escolha adequada entre a linguagem formal e a informal.

Além de todos os fins, o essencial é que esta obra contou comigo, com muitos, e agora está aberta para contar contigo.

Com carinho, a Autora.

# Brincar é coisa séria

Bastam um amigo e duas motocas para encontrar Deus na Terra; ou o Diabo. Na brincadeira se dá a magia que torna tudo possível e emana a alegria que preenche toda a atmosfera.

Mas às vezes ela pode ser fatal.

Naquele tempo, morava com meus pais em região de altos e baixos. Lá quase não havia calçada para pedestre nem asfalto para carros. As ruas de lama ou de paralelepípedo não animavam as rodas de plástico das motocas. Elas patinavam, travavam; não desabrochava a diversão, só a frustração.

No dia da aventura com meu amigo, apenas um lugar com piso de cimento bem lisinho e com muito espaço estava à nossa espera, o silo. Esse era seu nome e sua função. Um local de armazenamento de sementes, que continha três espécies de pirâmides pequenas e baixas, ou quatro, todas com calçada ao redor. No topo de cada uma delas havia um buraco que, pelas tampas abertas, deixava ver que só guardava escuridão e eco. O silo ficava no Bairro Esperança, e este parecia ser um sinal para não desistirmos da vontade de andar sem entraves com as nossas máquinas.

Chegamos. A vista era linda. Ansiosas, rapidamente as motocas puseram-se a voar. O barulho do plástico das rodas tinindo pela calçada era o som da vitória. Os sopros de vento no rosto a cada descida das pirâmides eram as rajadas da coragem. Excitação e gargalhadas; o silo não estava mais só.

– Já para casa! – Foi o decreto que estilhaçou nossa aventura em menos de um segundo.

Nossas mães chegaram, do nada! Eram apenas duas, mas pareciam uma manada desgovernada. Eram gritos para todo lado. Eu não sabia se gritava junto, ou se corria. Estava acontecendo algo, mas o quê?!

– O que estão fazendo? Como vieram? Por que não avisaram? Vocês enlouqueceram?

Muito mais perguntas do que tempo para responder; nem dava para identificar qual das mães queria saber o quê. Estava zonza, mas com uma certeza: não era mais uma bomba atômica que havia explodido; o problema parecia ser com a gente. Já não avistava meu amigo.

Eu não entendia. Nós pegamos as motocas, andamos duas quadras, atravessamos os trilhos do trem, escalamos um pequeno matagal e estávamos no chão liso do silo fazendo nossas motocas viverem de verdade. Era divertido e moleza para nós.

– Vocês podiam ter morrido! – Disse minha mãe.

Isso nunca tinha me passado pela cabeça.

Chegamos em casa ao meio-dia. Fui convocada a me ajoelhar em grãos de milho na entrada da porta da cozinha e a assistir, dali e daquele jeito, ao almoço. Pareceu-me que tinha perdido alguns direitos. E talvez eu devesse ficar ali para tentar adivinhá-los, com a ajuda da dor e da fome.

Pensei da melhor forma que pude, considerando as condições. Minhas conclusões foram: eu não tinha o direito de me matar, nem por distração. Mas, se tentasse, mesmo sem querer, conferia imediatamente aos meus pais, por justa causa, o dever de tentarem me matar, seja de dor, de fome ou com o método que preferissem.

Doeu.

Décadas depois, entro no quarto e encontro minha filha dependurada em sua cama alta, esticando os braços para tentar alcançar o lustre. Salta em mim a vontade de gritar em revoada:

– Desça já daí!

Mas me contenho. Antes de qualquer coisa, resolvo apenas praticar meu direito à curiosidade. Respiro, aciono a calma, a confiança, a atenção, e garanto que o espaço está livre e curto o suficiente para segurá-la em caso de queda; tudo isso na velocidade da luz.

– Oi, filha, o que tu tá fazendo aí? – Pergunto.

– Tô aqui arriscando a vida para enfeitar o lustre com esta fita, mas tá tudo bem. – Assegura-me.

Como ela sabe?

# Marcas de bicicleta

Aprender a andar de bicicleta inclui os tombos. Exige a virtude de não guardar mágoas das cicatrizes.

Não me esqueço de quando eliminamos as rodinhas extras da minha bicicleta. Meu pai, segurando-a enquanto corria ao meu lado, soltou-me a sós com ela. Eu... me fui! O pedalar sincronizava com o ar da liberdade em todo o meu corpo. Eu era do mundo.

As bicicletas só vinham pelo Papai Noel, ou por doação dos irmãos mais velhos. A disputa era grande. A gente sempre crescia, mas a bicicleta não.

Logo que ganhei uma bicicleta maior, gostei porque ela possuía suporte para carona.

— Então quer dizer que alguém poderá ir comigo para o mundo?
— Maravilhei-me.

Já havia aprendido a empinar, a soltar as mãos do guidão durante o movimento, a descobrir os tipos de solo e seus diferentes contatos com as rodas; mas agora aprenderia a compartilhar a bicicleta sem ter de emprestar.

Convidei a mulher que auxiliava nos serviços domésticos na minha casa. A ideia era andar numa lomba asfaltada, distante quatro quadras dali.

— Mas eu não sei andar de bicicleta. — Titubeou.
— Minha bicicleta tem lugar para duuuas pessoas. Vamos! — Estimulei.

Ela não me contrariou. Chegando lá, confiante, tudo apostei.

— Vamos fazer assim: eu vou na garupa, tu vai guiando. — Orientei.
— Mas eu não sei andar de bicicleta! — Reafirmou.
— Neste lugar é fácil. Em lomba abaixo, vai que vai. — Garanti.

Ela, confiando que nada poderia dar errado, e eu, sem dar qualquer instrução adicional, pactuamos e partimos.

Muito rapidamente atingimos velocidade acentuada, que só aumentava. O vento forte fazia seus longos cabelos serpentearem em meu rosto; eles lançavam o veneno de abafar nossa conversa.

– Aperta o freio! – Gritei.
– Quê??? – Ela me devolveu.
– O freio, o freio! – Berrei.
– Onde é o freio??? – Ousou perguntar. Como se tivéssemos tempo para isso...

Num passe de mágica, fizemos piruetas umas sobre as outras, ela, eu e a bicicleta. Sentimos toda a aspereza do asfalto. Paramos. Só havia dor, desespero e sangue. Ficamos ali por tempo suficiente para entender que a única solução seria levantar e ir embora. Fomos.

Concentrava-me para caminhar e segurar o joelho direito, que se destampou. Sentia terrível humilhação. Minha parceira, por sua vez, questionava: como justificar que teve um ato de coragem e não de irresponsabilidade?

Passei mais de dez dias sem andar, muito menos de bicicleta.
Desisti? Nunca!

Desde que começou a pandemia, tento comprar uma bicicleta nova. Fraquejo; nunca por medo, sempre por dúvida.

Acontece que o Papai Noel não aparece mais para mim; então é mais difícil. Vou a uma loja e tenho de fazer o pedido para um vendedor.

– Quero uma bicicleta. – Manifesto.
– Pois não. Para que tipo de uso? Qual material? Câmbio? Freio? Como gosta do guidão? E do banco? Quantas marchas? Qual cor? Importada ou nacional?

Não lembro sequer uma vez ter recebido carta de retorno solicitando essas especificações. Ou bicicleta era bicicleta; ou Papai Noel era um gênio.

Hoje, bicicleta é um universo. Três: o de suas características, o dos equipamentos de segurança e o dos tipos de roupas dos ciclistas. Temo escolher mal. Prorrogo.

– É preparação para guerra, ou para passeios? – Contesta minha alma aventureira.

– Pode ser ainda mais legal andar de bicicleta com tudo isso. – Apaziguo.

– Certo. Então quero uma com dispositivo antitombo. – Determina.

– Puxa! Essa nem se tu te comportares. – Lamento.

# Pena de galinha

Eu comia de tudo. Ai se não comesse!

A diversidade de sabores, no entanto, não me seduz. Meu paladar é convicto: experimenta algo, gosta, e quer repetir sempre. Mas tudo muda.

Como com os olhos. Ver a terra se preparar, e esperar, ver plantar, e esperar, ver crescer, e esperar, esperar, esperar, toda essa metamorfose me encanta. E que tamanho prazer quando é hora da colheita! Os desafios variam desde desenterrar a cenoura sem quebrá-la, até arriscar a vida nos galhos mais altos para tentar pegar os caquis mais doces.

Nada está simplesmente dado.

Sobretudo em relação às galinhas. Que bicho sorrateiro! Faz sons oscilantes, coiceia o chão com a cabeça, prestes a atacar a qualquer momento. Adorava descobrir quantos ovos as galinhas tinham colocado no dia, mas desistia; teria de enfrentá-las...

Até que resolvi colecionar suas penas. Mais de duzentos exemplares, uma mais linda que a outra. Valia a pena correr riscos para catá-las, e nunca era rápido. Apenas uma vez o galo saiu correndo atrás de mim, furiosíssimo! Bastou para confirmar todas as minhas hipóteses.

Mesmo assim suportava as galinhas; era em nome do meu bem maior.

Aos domingos, minha avó presenteava meus pais com uma galinha. Ela vinha conosco, viva, no carro, dentro do porta-malas. Piores viagens da minha vida. Eu estava separada dela pelo encosto do banco de trás: quinze centímetros de espuma grudados numa chapa fina de plástico. E se ela inventasse de furar a barreira com o bico?!

Sobrevivi.

O desfecho de seu destino não tardava. Era um ritual. Sempre a três: minha mãe, a galinha e eu. No gramado do pátio, duas bacias, uma chaleira de água quente e uma faca. Minha mãe conduzia tudo. A galinha, distraída, como se não se importasse, não se debatia sequer uma vez. Eu, observadora, sentava-me a cerca de três metros da cena.

Num movimento firme, o pescoço da galinha era desnucado. De imediato, o sangue escorria pelo bico. Pausa.

Em seguida, já sem vida, era deitada numa bacia, e a chaleira jorrava água quente sobre ela. O cheiro quente de suas penas escaldadas é lembrança que faço questão de esquecer.

Não acompanhava esse ritual por vingança, tampouco lamentava as penas descartadas. Acontecia algo misterioso ali. Não era mais a galinha, mas a comida. A gente não beijava a galinha, não pedia desculpas, não agradecia, não rezava, nada!

Será que éramos ainda mais perigosas do que as galinhas?

– Mãe, por que galinha é parecido com galinha? – Lançou meu filho, numa época em que eu já estava na cidade grande e usufruindo da praticidade dos serviços do supermercado.

– Quê? – Retruquei.

– Por que galinha é parecido com galinha? – Repetiu.

– Como assim? – Lancei, confusa.

– Poooor queeee galinha é parecido com galinha que vive na rua? – Insistiu, quase desistindo.

– Ah! (*engasgo*). Porque são a mesma coisa. – Respondi.

– Por que são a mesma coisa? – Atirou-me com sua curiosidade sem limites.

– Porque... depois que a galinha morre, a gente a come. – Avancei o sinal no vermelho a toda velocidade.

Não podia me entregar naquele instante, assim, desprevenida. Quanta pena! Feliz que tudo muda.

# A culpa é de quem?

Dirijo desde os doze. Não era permitido, mas acredito que as leis foram criadas bem depois.

Andar de carro me fascina. Nada como dirigir na estrada em dias de sol. Sentir o vagar veloz pelo desenho da pista, acompanhar os verdes das montanhas encilhadas na margem, ver o véu do calor que sobe e aviva o asfalto; luxos da vida. Se tocar música boa e alta, então... Abro mão do ar-condicionado, baixo os vidros, imponho o cotovelo esquerdo sobre a janela aberta; a Icoa domina a selva.

Para aprender a dirigir, bastavam os pés alcançarem os pedais ao mesmo tempo que os olhos enxergassem a pista. Uma lei não escrita. Com frequência, as aulas eram dadas pelos pais, em estradas vazias do interior. E chegara a minha hora de fazer o Fiat 147 se movimentar.

– Debreia. Bota na primeira. Liga. Acelera. Vai! – Essa era a didática do meu pai.

– Como assim?! Vai... vai? – Checava minha incredulidade.

Eu suava, mas ia. Saltava, e parava. Quanto nervo! Estava num sapo, ou no quê?! Depois que consegui fazer o carro deslizar, o desafio foi acertar o momento exato de ligar o pisca-alerta.

– É um pouco antes de chegar na curva. – Esclarecia meu pai.

Uma receita a olho. Na suposta hora certa, meus olhos saíam da estrada, iam para o botão e ficavam ali, até que eu sentisse a hora de desligá-lo. Minhas mãos se ocupavam às cegas de fazer a curva, e o carro se desgovernava. Precisei de alguns giros para entender que o pisca se desligava sozinho. Mas ainda vieram as aulas de arrancar em lomba, de estacionar entre dois carros e de não patinar na lama.

Certo dia meu pai me disse que eu estava pronta. Que poder! Virei a motorista da galera.

Meus pais deixavam sair de carro levando minhas amigas? Não! Então, para dar tudo certo, éramos obrigadas a mentir.

Minha cidade natal é atravessada por uma avenida principal. Ali ocorria um desfile de carros que, a quarenta quilômetros por hora, ou menos, davam voltas e voltas. Tudo isso para flertar.

Naquela tarde, pedi para sair de carro, pois, segundo argumentei, precisava muito comprar um sorvete. Autorizada, peguei as amigas e escapamos para o centro. A avenida estava tão atrativa, que não foi possível dar apenas uma espiada. Exageramos.

Voltando às pressas, ouvi o som da ventoinha do carro. Para mim, isso era mau sinal, pois esse som dedurava que o carro havia andado muito.

– Gurias, temos de ir pela rua lateral a toda velocidade. – Arquitetei.

– Não é pior? – Desconfiou uma delas.

– Assim: lá a pista é reta e vazia. O vento forte vai refrigerar o motor e a ventoinha vai desligar. – Palestrei.

– Vamo então! – Convenceu-se.

Na única curva pouco acentuada do final do trajeto, surgiram pedregulhos no chão e um carro no contrafluxo. Eu me assustei. E protagonizei o primeiro cavalinho de pau de nossas vidas, que perdeu força contra a mureta de uma casa. Tremendo, comandei marcha à ré, e fugimos uns trezentos metros do acidente com o carro manco.

– Meu Senhor! E agora??? – Pedi por um milagre.

– A dona da casa vai vir atrás de nós! – Disse a amedrontada.

– Lembra! Ela é amiga da tua mãe! – Completou a que deveria ter ficado quieta.

– Socorro! Parem! Vou ter de chamar meu pai lá no bar; não tem jeito. – Administrei.

– O que vou dizer a ele? O quê??? – Pressionava minha urgência a cada passo até a bodega.

Encontrei-o faceiro jogando cartas com os amigos. Quase não estranhou minha chegada.

– Oi, pai! Tudo bem? Pai, olha só, tive um problema com o carro. – Amenizei.

– Tá. Espera até eu terminar a partida. – Priorizou.
Esperei. Pe-tri-fi-ca-da.
Por fim, saímos.
– Pai, aconteceu o seguinte: estava voltando pela rua lateral, para evitar a polícia. Então, naquela curvinha apareceu, do nada, um carro a toda velocidade, na mesma pista que eu. Tive de desviar rapidamente e acabei batendo o carro contra o muro de uma casa. Já o tirei de lá. Está tudo bem... Ah! Levei as gurias junto, pois elas também quiseram sorvete.
– *Porco cane*! Esses loco aí...
Um calor de alívio perverso se espalhou dentro de mim. E esfriei uma pele de vítima por fora.
– É. Bateu forte. Entortou a roda. Vou trocar. – Resolveu ele.
– Melhor não contar para tua mãe. – Complementou.
Jesus Cristo! Se não poderia contar essa versão para ela, imagina a outra!
Minha salvação tardou, mas não falhou. Com a maternidade, passei a maneirar em tudo.
E meus filhos, que só dirigirão aos dezoito, não perdoam qualquer escorregada. Atravesso acelerante pelo sinal amarelo do semáforo, e minha menina já indaga:
– Mãe, olha só! No caso, não é para ir mais devagar no amarelo?
– É. – Confirmo.
– Mas tu correu! – Sentencia.
Cadê o culpado? – Procuro.

# Em obras

Assim vivia meu pai.
Eu tinha trinta e três anos quando ele morreu. Mas senti que o perdi dez anos antes, quando adoeceu, e tive de cuidá-lo como um pai. Queria ter ouvido mais, falado mais... mas a vida não quis. Enquanto podíamos, eu o observava. Com seu jeito duro-doce, disciplinador, ele não falava; fazia.

Começou do nada, muito pobre, mas se tornou arquiteto graças à minha avó. Ela veio da Polônia, de navio, sem falar português, pouco antes da Segunda Guerra Mundial, momento em que perdemos a maior parte da família. Passou a vender coisas na rua, depois numa carroça; era empreendedora, guerreira. E foi trazendo os irmãos, encaminhando-os um a um.

Não dá para entender como ela conseguiu.

Aí teve uma filha, e, dez anos depois, o meu pai. Meu avô, pelo que entendi, só a incomodava, embora muita gente diga que era um cara legal.

– Chega! Tu só tá me incomodando.

Mandou-o embora, e criou os filhos sozinha.

Meu pai fez o Julinho, UFRGS e virou construtor. Um salto de vida grandioso. Ainda assim, era um cara simples.

Os peões o adoravam, mesmo que por vezes parecesse um soldado alemão, berrasse... A começar pelo nome, já era firme. Eu via essas coisas.

Testemunhei nossa casa sendo construída por ele. Comprou o terreno, depois surgiu o primeiro andar, o segundo andar... Era incrível para mim, porque toda criança, em algum momento, tenta construir alguma coisa.

– Aqui vai ser teu quarto.

Não era a construção de uma casa, mas de nossa vida. Cada caçamba de concreto despejada na laje sedimentava as bases do nosso futuro.

A gente foi para lá na fase de finalização da obra. E passei a conviver com a rotina dos operários.
Chegavam arrumadinhos.
Botavam roupa suja de tinta.
Tomavam o café com leite da térmica Termolar.
Lanchavam.
Almoçavam.
Descansavam ao sol na frente de casa.
Lanchavam.
Tomavam banho.
Saíam arrumadinhos.
Era simples.
Eu achava o máximo aquelas comidas que eles mesmos traziam. E adorava ver as misturas para fazer o cimento. Às vezes pegava a espátula e mexia naquela massa cinzenta.
Chamava minha atenção o fato de uma pessoa sozinha conseguir fazer tanta coisa. Um deles pintou toda a casa. Outro fez a calçada da frente. Sozinhos! Talvez seja obra daquela mesma força que moveu a minha avó.
Eles falavam que gostavam do meu pai, pois deviam muito a ele. Estavam juntos em diversas empreitadas, contavam uns com os outros; a fidelidade era mútua.
Tudo simples.
Ao mesmo tempo, eu estudava num colégio público e ali também partilhava uma realidade mais próxima da vida como ela é. Tinha colegas de diferentes classes e etnias. Para mim era normal. Eram pessoas maravilhosas, queridas, meus amigos. Mas foi uma coisa que depois não tive mais. Fui para uma escola pequena, na qual o poder aquisitivo era maior. Contabilizei apenas um único colega negro durante a faculdade; retratos da vida como ela não deveria ser.
E isso meu pai me ajudou a ver; conheci a vida de verdade.
Gosto de ser simples e de pessoas simples. Isso não quer dizer que não goste de coisas boas; não tem nada a ver uma coisa com a outra. Simplicidade é um jeito de ser, de olhar para as coisas, para as pessoas.

Mas também aprendi com ele que existem situações nada simples. Aconteceu num final de tarde dos meus seis anos, quando estava na escola. Lá havia um pátio todo de areia, com brinquedos de criança, nada muito moderno, que desembocava na Redenção. Era o lugar do nosso recreio e onde esperávamos os pais para ir embora.

Naquele dia surgiram vários guardas de trânsito na rua.

– Uma emboscada! – Concluímos, eu e várias crianças.

– Hoje nós vamos pegar esses pais que botam o carro aqui! – Temia a intenção da Polícia Militar.

Não tenho certeza se passou a ser proibido parar, e foi uma surpresa, ou se os policiais estavam ali, dessa vez, para pegá-los.

A gente via tudo pelas telas. Então resolvemos nos pendurar nelas e agir.

– Nãããããoo! Olha ali! – Gritávamos, fazíamos gestos; era um fuzuê. Queríamos avisar nossos pais que seriam punidos.

E eles nos olhando... sem entender o que todas aquelas crianças apavoradas estavam fazendo naquelas grades.

Por um lado, sentimo-nos muito protagonistas. Muito embora fosse uma coisa meio violadora do que é certo, ao mesmo tempo era o meu pai...

Mas o pior não é isso.

– Olha, avisem os pais de vocês sobre o que está acontecendo. – Minha memória me diz que os professores nos pediram para fazer isso.

Parecia algo que estava, de alguma forma, orquestrado.

E nós ali: obedecendo a um professor para tentar salvar alguém que estava fazendo uma coisa errada.

Se não o avisasse, meu pai poderia ser pego pelos policiais. Avisando-o, eu seria seu cúmplice. Se não realizasse o pedido dos professores, seria culpado. É um negócio cheio de contradições.

Um dilema.

Prevaleceu a vontade de ver meu pai livre. Final feliz: ele foi alertado, conseguiu se safar, e eu me senti heroico.

Não sei se hoje eu tomaria a mesma decisão. Sou da geração que jogava papel no chão, andava sem cinto de segurança. Mas agora as crianças são mais atiladas; houve uma evolução nesse sentido. Talvez eu contestasse a conduta do meu pai... não sei.

A vida é simples, mas tem dilemas. Meu pai me mostrou silenciosamente. Isso me marcou.

– Vou ser pai. Farei análise; preciso me preparar para entender o que é ser pai. – Ele decidiu.

Quis superar sua própria história, ser pai sem ter tido referência de pai. E lutou para isso, do seu jeito. Escolheu com quem falaria sobre suas coisas.

Nasci. Sou sua obra. Muito mais que palavras.

Aprendi muito. Mas isso não substitui meu desejo de ter conversado mais, muito, muito mais, sobre coisas que ele nunca me contou.

Sou pai.

Ela é diferente de mim; é a primeira a colocar o cinto no carro.

Eu sou diferente do meu pai; tive a presença do meu pai.

Meu maior medo é o de não saber medir o que dizer e não dizer para minha filha. Confio que as coisas precisam ser ditas, e algumas delas apenas eu posso dizer a ela. Não quero desperdiçar essa chance, por nada.

Quero falar. É a minha decisão. Simples.

Luto, do meu jeito, para encontrar as palavras. Dilemas.

Cada um com sua obra.

# Mãe de 11 filhos

Perdia os dentes de leite e já tinha sonhos para o futuro. Queria ser mãe de 11 filhos. Mesmo diversificando as opções, incluídas as vontades de ser secretária, ou professora, ou médica, o interesse avançava cedo rumo à maternidade.

Monitorava todos os casos de gestantes no bairro. Todo mundo se conhecia, mas era pouca gente, eu dava conta. Meu foco era a chegada dos bebês. Ele nascia, e lá aparecia eu para oferecer colo. Poder segurar o bebê nos braços era minha maior emoção.

Certa vez nasceu uma bebê, foi chamada de Estrela. Seu nome só aumentava meu desejo: seguraria parte do céu...

Bati na porta logo após o meio-dia. A avó atendeu. Olhei para cima:

– Posso dar colo pra Estrela?

O fogão à lenha estava a todo calor. Ao lado dele, sentei-me na caixa de lenha e recebi a bebê. Que doçura sem fim! Pequena, muito pequena, aquecida por xale que a enrolava por completo. Não pesava nada. Eu inspirava forte e longo para pescar seu cheirinho de sabonete na cabeça lisa.

Fiquei imóvel. Não podia espantar o sono da menina nem arriscar o fim do colo por qualquer descuido. Sabia que segurava um pedaço de ouro num momento dourado para mim.

A avó e a mãe da bebê destinaram-se a seus afazeres, despreocupadas, como se passassem a guarda para mim. Gostava de não precisar conversar. Sentia-me realizada e competente.

Até que os braços começaram a doer. Para não sofrerem sozinhos, os quadris, solidários, dedilharam, ripa a ripa, a antipatia da madeira bruta. Eu resistia. Pequenos tremores sinalizavam que poderia vir a dormência. Driblava a iminência do atentado levantando a ponta dos pés, que subiam os joelhos, que tocavam na coberta do bebê e forneciam uma trégua para a tensão muscular.

– Tá cansada? – Perguntou a mãe.

– Não! – E baixei a cabeça rapidamente, para manter o foco e a força na carinha da criança.

– Quando cansar, é só chamar. – Ela disse.

Ela sabia. Eu me contorcia sem mesmo mover um fio de cabelo para não dar na vista, mas ela percebia que pesava. Estaria à beira do fracasso? Aguentei.

Estrela se contorceu e choramingou. Precisava mamar e trocar as fraldas. Tive de devolvê-la. Vigiei tudo. Corpo minúsculo, braços em movimentos descontrolados, pezinhos... De estourar o fofurômetro! Mamou. Voltou ao seu sono de paz.

Renovei as energias para voltar à caixa de lenha e recomeçar o colo. A noite chegou, e tive de encerrar meu expediente. Tudo aquilo só me motivou a querer cada vez mais meus 11 filhos. Tinha certeza de que era a melhor e maior obra que uma pessoa poderia realizar na vida, embora descobrira não ser tarefa fácil.

Tenho dois filhos. Não terei os outros nove. A chegada da maternidade mostrou-me que o colo é apenas uma das partes, aliás nem sempre bem-vista, do que sempre discordei.

Contei essas aventuras aos meus dois filhos. O mais velho ouviu, pensou e disse:

– Mãe, mas tu é mãe de 11 filhos... é mãe de 1 e 1, que são 11; então tá certo!

Venci na vida.

# Minha banda

Sonhei cantar, ser famosa, e levei a sério meu desejo.
Consigo imaginar a vida sem o fogo, mas não sem música. Ela faz as palavras dançarem; algo fabuloso. Não aprecio todas as músicas que ouço, mas há gosto para tudo.
Fui matriculada numa escola de música para aprender a tocar violão. Meu plano era montar uma banda, ser vocalista e instrumentista. Quem sabe, até mesmo ser eu a própria banda.
Iniciei as aulas ávida pelo saber. Já no primeiro dia, levei indicações de músicas que, segundo meu projeto, comporiam o repertório da minha banda. *Guns N'Roses* e *Metallica* completavam toda a lista.
A partir de agora, assumiria ter mais do que apenas seus pôsteres espalhados pelas paredes do meu quarto: eu seria o *show*.
Mas comecei mal. Tive de conhecer as partes do violão, o nome das cordas e a função de cada mão. Aprendi o acorde *Lá,* bati os dedos pelas cordas numa valsinha desajeitada, e a aula acabou. O pior veio a galope: recebi o tema de casa de ensaiar esse fiasco por uma semana.
Mas cadê a magia do dom?
Treinei mais de três horas por dia. As pontas dos dedos encheram-se de bolhas de sangue. Mas esse esforço todo me deu o direito de, na segunda aula, aprender o *Mi*. Somado ao conhecimento anterior, permitiu-me, enfim, tocar a primeira música.
— Maaaarcha soldado, cabeça de pa... pa... pa... pel. – Disparava lentamente.
A falta de destreza na transição das notas gaguejava minha execução e a autoestima.
— Muito bem! – Enganava-nos o professor.
— Agora faz a troca da primeira nota depois do segundo "p" de papel, pois ela muda apenas no "el". – Milimetrava.
Meus saberes sobre separação silábica ruíram ali.

– Tá. – Consenti.

Música é arte. Arte pode tudo. – Reorganizava-me.

– Maaaarcha soldado, cabeça de paaaap... el. – Empenhava-me.

Assim eu partia para mais uma semana de estudos, com sangue nos olhos.

Minha mãe me estimulava. Pedia para que eu tocasse meu progresso para ela, e me ouvia de forma atenta e dançante. Em algumas partes da música, arriscava-se a cantar junto. Foi minha primeira fã.

Mas para mim era desonroso ter de tocar, e com muita dificuldade, aquela musiquinha. Eu ansiava pelo repertório da minha banda, esperava por esse dia. Incansável, tentei que o dia chegasse sempre na próxima aula.

– Oi, professor! Tudo bem? Nossa! Treinei muito! Os dedos já calejaram, não doem mais. Por acaso o senhor ouviu aquela música que está fazendo o maior sucesso no rádio? Parece que o nome é... *Nothing else matters*, do Metallica. – Jogava a isca.

– Não. – Confessava sem constrangimento.

– O senhor precisa conhecer. Tem um solo... bah! Pedi que tocasse no rádio e dei sorte: consegui gravá-la. E olha só! Trouxe a fita. Quer ouvi-la? – Apontava.

Eu nem sei se meus pais teriam condições, à época, de me proporcionar celebração de quinze anos num baile de debutantes. Mas me adiantei e pedi para ser presenteada com um aparelho de som três em um. Vinil, rádio, duplo cassete e espera para o quatro, a parte que tocava CD. Instalei-o entre duas poltronas individuais que ficavam abaixo da janela da sala de casa, o local mais visível.

Meu pai atrapalhava um pouco o proveito do meu aparelho. Ele ligava seu rádio na cozinha ao mesmo tempo que eu ligava o meu som na sala. Amantes de volumes altos, partíamos para uma guerra entre vanerão e *rock*. Sorrateira, eu ia até lá e desligava seu rádio.

– Óóóoia, guriiiiia! – Ameaçava-me, ligando o maldito de novo.

Irritada, eu franzia a cara, deitava no chão da sala, aumentava ainda mais o volume do meu *rock* e passava a cantar com expressiva entonação. Ele não me compreendia.

Aturava a situação porque minha parte favorita era a de gravar as fitas. Interagia com a rádio FM da cidade, que reservava horário fixo diário para tocar os pedidos dos ouvintes. Era possível atingir a perfeição de uma gravação, desde que o locutor não falasse em cima da música já tocando. Tolerei que várias músicas gravadas começassem com seu estorvo: "Difusão FM, a sua rádio!", ou então: "seis e vinte e quatro da tarde, dezoito graus em Erechim, temperatura agradável". Por sorte, nada disso apareceu na gravação daquela música do Metallica, e seu solo inicial, que me interessava muito, ficou imaculado.
– Sim! Podes deixar a fita aqui comigo? – Consultou-me o professor.
– Claro! – Entreguei-a.
E assim a fita esperou sua escuta, debruçada na mesinha. Enquanto isso, eu passei por *Atirei o Pau no Gato, Ciranda Cirandinha, O Cravo e a Rosa, Andorinhas, Céu, Sol, Sul, Terra e Cor...* minha via--crúcis. Não sei de onde tirei forças.
Ensaiei tanto, mas tanto, que culminei num avanço sem precedentes.
– Fizeste dois anos em quatro meses! Vais passar de fase! – Agraciou-me.
– A banda! A banda! – Explodi em silêncio.
Mas logo compreendi que meu avanço significava a passagem do violão popular para ingresso no clássico.
– Tudo do zero?! – Choquei-me.
Tive de aprender a segurar o violão ao modo clássico, a ler partituras, a seguir o tique-taque do metrônomo e, como se não bastasse, fazia provas e recebia boletim.
Agonizava.
Estava sendo catapultada para muito mais longe da minha banda. O canto, que já era secundário, dadas as exigências da execução do instrumento, já nem acontecia mais.
Numa prova, a examinadora, olhando apenas para o papel no qual escrevia seu parecer, orquestrou o golpe fatal:
– Toca.

Eu toquei.
– Para.
Eu parei.
– Errou.
Eu temi.
– Recomeça.
Eu suei.
Fugi.
Desisti da banda e doei meu violão, herança da minha irmã mais velha. Tento me perdoar.

Mas agora me sinto provocada pela *live* de 80 anos do Caetano Veloso. Num momento de êxtase diante da voz de Bethânia, transbordo:

– Que voooooooz!
– Mãe! Mas tu quer ter a voz dela? – Tira-me do transe a minha filha.
– Não! Quero ter a minha voz. Só quero admirar a dela. – Raciocina minha humildade.
– Ufa! Tua voz é linda, mãe! Muito mais linda que a dela! – Tieta.

É. Já conquistei duas gerações de fãs.

Quem sabe um dia?! – Esperanço-me.

# Presente errado

Dei trabalho.
No colégio, aprontava muito.
– Duvido que tu jogue teu casaco no ventilador!
– Ah é?! – E eu jogava.
Eu era diferente. Sempre dava meu jeito, único. E vivi cada coisa! Nunca gostei de basquete, um pavor para mim. Na educação física, quando era o dia dele, eu fugia.
Mas foi entre meus sete e oito anos que esse esporte marcou a minha vida.
Foi no Natal. A família estava reunida na casa da minha avó. A árvore enorme, toda decorada, a toalha natalina, os talheres, a tradicional salada de peru com abacaxi; tudo muito caprichado. A sala do apartamento comportava cerca de dez pessoas. Mas vinha muita gente, parentes de Santa Catarina, São Paulo, e o espaço ficava preenchido por mais de trinta pessoas. Havia gente na sala, na sacada, nos quartos, e nenhum ar-condicionado. Às vezes, sequer um ventinho nos altos do sétimo andar. Suávamos.
Mas esse encontro mexia com as nossas emoções. Estávamos ali por algo maior, para ficarmos juntos... bem juntos.
– Mais pessoas é igual a mais presentes, logo: mais coisas para brincar. – Eu calculava, pois sabia que o Papai Noel, ele mesmo, não viria.
– Pensei em ti, comprei tal coisa... – Eu adorava essa demonstração de carinho que vinha pelos presentes.
Naquela noite, identifiquei um presente gigante para mim. Eu o namorei até chegar a hora de poder abri-lo.
Tirei a embalagem com enorme expectativa.
– Uma cestinha de... basquete!!!???
– Ah! Esse presente é nosso. E aí, tu gostou? – Meus tios de Santa Catarina quiseram logo saber.

– Não acredito! É justamente o que eu deteeeestooo! – Nãããão! O tio pensou em um presente legaaaal... – Meus pais, constrangidos, começaram a fazer um meio de campo. – Teus tios vieram de Santa Catariiiina...
– Não gostei! Não gosto de basquete.
– Nãããão... Amanhã a gente tenta brincar juntos para ver. Vai ser suuuperlegal! E teremos um retorno bem legal para dar a vocês...
– Meus pais eram uma mistura de olhar de reprovação com vontade de remediar.
– Eu não quero. Pode dar para outra pessoa.
Estava resoluto: não gostava, não queria. E fui espontâneo.
Meus pais é que não sabiam o que fazer.
– Ó! Acertou no presente! Ó! Acertou no presente. – Acompanhei meus primos abrirem os seus.
Blindado, fiquei de cara amarrada durante toda a noite. Não abri mão do meu desgosto, pois o meu era o presente errado. Senti grande decepção, proporcional ao tamanho daquele pacote.
Não entendia como é que meus tios compraram justamente algo que eu odiava.
Em casa, no dia seguinte, eu me dei uma missão.
– Vou me livrar dessa cesta de basquete.
Estávamos apenas meu pai e eu, espalhados; não faltava espaço para privacidade.
– O que vou fazer? Para onde vou levar essa cesta?
Foi aí que comecei a explorar o potencial de uma criança frente a algo de que quer se livrar.
– Vou tentar quebrar de algum jeito!
Posicionei-a numa mesinha, peguei uma vassoura e bati, bati, bati, bati, bati, em todos os lados, com toda minha força. Devo ter ficado uns cinco minutos naquela sessão de tortura com a cestinha.
Parei.
Olhei para a cestinha.
– Intacta!
Tudo perfeito: o aro, a rede, o móvel... Primeira tentativa falhara.

– Não é possível! Meu Deus! Isso tem que sumir. – Não me dei por satisfeito.

Parti para o plano dois. Mas qual seria?

Bem, nossa casa tinha três andares... e me fui para a sacada do terceiro.

Eu e a cestinha.

– É agora! – Cautelosamente me posicionei na sacada.

Arremessei-a com toda a minha força.

– Foi agora! – Eufórico, desci correndo para ver as ruínas.

– Intacta!

Nada: nem torta, nem quebrada, nem rachada; funcionamento perfeito.

– Não acredito!

Não sei do que era feita aquela cesta.

Resgatei-a e parti para a terceira tentativa.

Fui para a sala. Coloquei-a em cima do sofá e comecei a olhar para todos os lados.

– O que posso usar desses recursos para me livrar dela? – Arquitetava.

Até que olhei, de canto de olho, e avistei a cozinha.

– Vou queimar a cesta! – Fez-se a luz.

Peguei uma caixa de fósforos que consegui alcançar e repassei:

– Sim, é o único jeito. Não sei de que material ela é feita, mas resiste a impacto. Já bati, joguei lá de cima... nada. Então, sim: vou ter que destruí-la dessa forma; vai desmanchar.

Acendi o fósforo, com ar de satisfação.

– A-ha! É agooooora!

Tentei posicionar o fogo na rede e... Apagou!

– Não é possível que não pega nem fogo! Que castigo foi esse que me enviaram?!

Fui para o segundo fósforo, encostei a chama na lateral... na base... Nada!

– Não! Não vou me dar por vencido.

Então acendi o terceiro fósforo direto na redinha.

– Pegooooooou! Agora tu vai ver!
A trama se mostrou altamente inflamável, e a faísca espalhou-se rapidamente, algo que assustaria qualquer pessoa.
– Meu Deus! Olha só! Estou conseguindo! – No começo, fiquei mais intrigado do que assustado.
Mas passei a pressentir que algo não daria muito certo.
Então decidi pegá-la.
Ela estava muito quente e a redinha, derretida, caiu sobre a minha mão.
– Aiiiiiiii!
Com muita dor, saí correndo para o banheiro. Coloquei a mão embaixo da água gelada, tentando tirar aquilo da minha pele.
– O que está acontecendo? – Meu pai começou a perceber a movimentação.
– Não! Tá tudo bem!
– Tem um cheiro estranho...
– Acho que é do vizinho. – Tentei disfarçar, porque eu já sabia que ia me encrencar.
Nos poucos segundos ali no banheiro, em total desespero, esqueci a cestinha.
Mas, quando voltei, ela era uma bola de fogo, junto com o sofá.
– Paaaaaaai! Vem cá! Corre aqui! – Perdi o controle.
– Meu Deeeeeus! Guriiiiiiiiiiiii! O que é isso? – Levei um susto do berro que ele deu quando viu aquilo tudo.
– O que tu feeeeeeez?
– A cestinha! Eu queria me livrar da cestinha!
Ele não sabia para onde ir. A gente não tinha extintor por perto.
Então saiu correndo, bateu na casa de um vizinho, pegou emprestado um extintor e conseguiu acabar com o incêndio.
– Meu Deus! Olha o que tu fez! É um herói! – Eu estava impressionado com o meu pai; ele me tirara daquela situação.
– Eu vou te matar, guri! Olha o que tu fez!
Um carvão gigante: assim ficou nosso sofá.

Fiquei de castigo por seis meses, um ano, não sei bem, mas certamente passei muito tempo com muitas privações.
Dei-me conta tarde demais de que aquilo era algo muito grande e muito sério. Fazer justiça com minhas próprias mãos envolveu minha integridade física. E tentar me livrar daquela cesta foi mesmo uma maldição, porque ela grudou em mim nessa cicatriz.
Mas nada daquilo era uma agressão às pessoas. Eu gostava delas, estava feliz de estar com todos; era apenas uma meta pessoal, coerente com minha lei interna: eu não gostava de basquete. Naquela situação, percebi que não podia contar com ninguém. Ouvi minha voz, e me dei vez.
Assim, usei muitas potencialidades, que também revelaram fragilidades.
Tive de reconhecer que queria agir como um mágico. Eu queria que tudo de ruim desaparecesse em um instante. Quem não quer? Mas essa atitude a ferro e fogo, mesmo coerente comigo, rendeu-me muitos problemas.
Passei a dividir soluções com os outros. Fiz terapia. Aprendi a somar pontos de vista. Às vezes eu ainda atropelo as pessoas, mas já sei pisar no freio. Minha força está ali, é sempre usada, mas com ponderação de impactos, riscos, consequências.
Hoje eu me abro. Conto minhas façanhas no meu dia a dia. Revelo minha humanidade e percebo que não sou o único. Lidar com as decepções e frustrações não é fácil para ninguém. Mas sei que conseguimos aprender algo juntos.
Assim qualquer presente errado pode ficar no passado.

# Posso ir?

Nove anos me separam da minha irmã do meio. Mas nunca foi uma barreira. Eu sempre quis ir com ela às festas.

O que talvez justifique esse meu desejo de proximidade é o fato de ela ter tomado conta de mim desde os meus primeiros dias. Nunca deixou de me dizer o quanto odiou essa tarefa, pois cerceava sua liberdade. Superamos.

Quando já ultrapassara um metro e cinquenta, eu me espelhava nela. Popular, cheia de amigos, tinha turma e uma festa agendada atrás de outra. Aquilo movimentava a casa, num fervilhar festivo. Gente que chegava e que saía. Roupas espalhadas por todo lado, cochichos e gargalhadas. A vida que eu queria ter.

– Posso ir também? – Tentava a sorte.

Nunca me proibiam de ficar por perto. Ouvia as conversas. Então, acreditava que ir às festas com a turma seria o próximo passo.

– Não! – Fixava ela.

Eu murchava. Ficava ali, encolhida num canto invisível, sorvendo com os olhos cada detalhe daquela agitação.

– Tomara que chegue logo a minha vez. Convalescia minha esperança.

A galera ia. E a alegria desandava do teto ao chão num instante. Sobravam o vazio, e eu. Como era difícil ir para a cama!

Certa vez, minha irmã planejou acampar com uma amiga por sete dias nas Águas Termais de Marcelino Ramos.

– Posso ir? – Arrisquei.

– Pode! – Revolucionou.

Eu não esperava por esse sim.

– E agora? – Espantei-me.

Contei para todo mundo. Meu *status* tinha se modificado. Tinha crescido, e figuraria entre as grandes. Eu me exibia.

Meu pai fez o transporte, minha mãe encheu caixas de suprimentos, minha irmã checou tudo, a amiga dela chegou para o embarque, e eu selecionei minhas roupas.

Escolhemos um canteiro privilegiado para instalar o acampamento, com vista para a piscina. Descarregamos as coisas, e meu pai começou a montagem das barracas. De repente, sem acatar o final da obra, caiu um toró.

– Os colchões! As caixas! As mochilas! A lonaaaaa! Pega a lona!

As duas andavam de um lado para outro querendo salvar o que desse. Meu pai acelerava na fixação das barracas. Dei uns passos para trás e me fui para fora do canteiro. Observava, incrédula, a tragédia líquida.

Em poucos minutos a água que vinha de cima formou um laguinho embaixo. Contrariando o que se passava, algumas coisas boiavam na paz de sua ignorância.

Se fosse eu – pensei como se não fosse comigo –, levaria tudo para o carro. Mas todos seguiam. De repente, para piorar a situação, aparece um sapo acinzentado, enorme, bem enturmado na cena da desgraça. Ah! Não aguentei o tranco.

– Pai, posso voltar contigo? – Rendi-me.

Temia três coisas até os ossos: os sapos, o Velho do Saco e a Dona Ana. Sapos saltam e cegam os olhos das pessoas atirando veneno. O Velho do Saco anda pelas ruas e rapta as crianças. A Dona Ana fura nossas bolas e não nos deixa comer peras; nunca aceitei seu apego ao seu terreno. Pesadelos da existência.

Voltei, aliviada e seca. Elas ficaram, corajosas e encharcadas. Não me arrependo.

Preferia ter de reconstruir minha reputação com minha irmã a dormir no chão molhado, correndo o perigo de ser atacada por meus medos.

Esse foi meu quase último acampamento. O segundo, anos depois, foi *fake*. Foi num sítio em que, como éramos muitos, tivemos de fazer o pernoite em barracas ao relento.

Antes das seis da manhã, abri o zíper da barraca, assustada.

– O que está acontecendo? – Preocupei-me.

Galo cantando, vacas mugindo, caturritas histéricas, sol furando a barraca.

Pelo marasmo no horizonte, apenas eu me ocupava daquele escândalo.

– A natureza começa cedo, *hein*?! – Queixei-me.

Nada contra, mas nunca mais.

Sei que posso ir; agora eu me autorizo.

Mas não para qualquer aventura.

# Com que roupa?

Conheci roupas de festa, de sair e de ficar em casa. Ampliei meu varal quando descobri mais algumas categorias: roupas de fazer faxina, de sofrer acidente e de ser internada em hospital. Sou filha de costureira. Mas não de qualquer costureira. Ela era das boas. Logo que reformou a casa para abrir seu espaço de criação, batizado de Quartinho, passou a receber encomendas de gente rica. Suas peças tinham fama pela qualidade, e isso atraía a clientela.

– Tu sabe escolher botões como ninguém! – Seduzia-me para a criação a duas.

Ficava envaidecida, mas me incomodava.

O reconhecimento me custava ter de ir a pé a dois armarinhos. Um deles, pouco sortido, era perto de casa. O outro, maior e mais variado, ficava longe, no centro.

– Não vou não! – Calava.

– Tááá, já vooou! – Era o que escapava pelas frestas dos meus dentes cerrados.

Além de ter de caminhar, eu era obrigada a parar de ver TV e a trocar de roupa. Não podia sair com a roupa de usar em casa, único lugar em que se podia ficar feio e malvestido.

Então, para ir às lojinhas, eu vestia a roupa de sair, que não era de festa, porque esta eu só via a mãe fazer. A de sair precisava estar limpa, sem manchas, furos ou falta de botões, com zíperes funcionando e bem-passada. Não podia ser justa, transparente ou cavada demais. Reprovada em qualquer um desses quesitos, era a roupa de ficar em casa. Esta, por sua vez, se acumulasse muitos problemas, convertia-se em roupa de fazer faxina, até que pudesse definhar como pano de chão; tudo bem aproveitado.

– Tô pronta. Cadê a lista? – Anunciava meu desânimo.

– Trocou de roupa íntima também? – Ela checava.

– Precisa? – Eu me espantava.

– Sim! Imagina se acontecesse um acidente e tu é atendida vestindo calcinha velha! – Assombrava-me.
Verdade! Deve ser mesmo uma ofensa às equipes de resgate. A partir daí, passei a cuidar da integridade de todas as peças que portava quando meu corpo estivesse na rua, pois elas também se enquadravam como roupas de sofrer acidente. Caso o acidente exigisse ter de ficar no hospital, eu não me preocupava, pois havia uma prateleira no armário destinada a guardar camisolas, chambres, roupas íntimas e toalhas de rosto para as internações. Nunca precisei.

O curioso mesmo era que muitas vezes a lista de compras incluía coisas desvinculadas do meu talento para escolher botões, como linhas, entretelas, ombreiras, clásticos.

– Ué! Nenhum botão? – Eu me indignava.

Tentei vingança. Na primeira oportunidade de comprar botões, tratei de escolher os mais esquisitos. Minha ideia era decepcionar a minha mãe e, como consequência, provocar minha destituição do cargo de escolhedora de botões.

– Só tinha esses? – Enredou-me.

– Recém chegaram na loja! Última moda! – Eu forçava.

– Ah, mas não servem. Botões temáticos não ficam bem em casacos clássicos de lã. Precisam ser elegantes e discretos. – Ensinava-me o que eu já sabia.

Coçava meu rosto com minha mão direita, como se pensasse, enquanto torcia pela demissão.

– Vai de novo e tenta trocá-los! – Mandou.

Perdi. E já havia devolvido ao meu corpo a roupa de ficar em casa, o que não causou pena. Tive de me revestir, em pleno inverno. Não era fácil vencer aquela mulher...

O que eu mais gostava era de enfrentar as tardes frias atirada no sofá, com roupa que me deixasse à vontade, assistindo à *Sessão da Tarde*. Pinhão na chapa, pipoca doce ou bergamota eram os acompanhamentos. Mas os botões me tiravam desse sossego.

Descobri existirem mais coisas que impedem essa paz conforme cresci. Aos poucos, o que era regra virou exceção.

– Sabe, eu adoro ficar em casa, de pijama velho, jogada... sinto falta desse *relax* – Desabafa minha amiga, entre um mate e outro.
– Cruz credo, amiga! De pijama velho? – Apavoro-a.
– Sim! Qual é o problema? – Exalta-se.
– Amiga! Sem chance! Olha só: inventei um novo tipo de roupas, e funciona. – Anuncio.
– Éééé?! Que tipo? – Entusiasma-se.
– Magnífico! – Pavoneio-me.
– Quê? – Não alcança.
– Só uso o que faz com que eu me sinta magnífica. – Conceituo.
– Nooooossa! Que linda essa palavra, amiga! Adorei! – Vibra.
– Mas como funciona? – Consulta-me.
Explico que usar roupa do tipo magnífico é mais ou menos como estar sempre com roupa de sair, sentindo como se estivesse pronta para festa.
– Até para faxina, amiga? – Não crê.
– Principalmente. – Atesto.
– Gostei, amiga! Vou chegar em casa e selecionar só o magnífico, então. – Empolga-se.
E eis que a alegria se esparrama em mim junto ao calor da água quente do gole de chimarrão.
– Magnífico mesmo é, antes de tudo, caprichar para usufruir da própria presença. – Transcende a voz que fala comigo.
– Depois me conta. – Especulo.

# Eu, mocinha?

Sem contar a escola, brincar era minha maior ocupação. Tinha direito, dever e gostava; vida simples.

Na tarde daquele dezembro, às vésperas do verão, uma tia convidou-me para doar brinquedos a crianças carentes, ação que organizara com amigas, se não me engano.

Aceitei ajudar.

Roupas, cabelo, sapatos, horário: queria fazer bonito nesse dia atípico. Mas de repente fui surpreendida por algo que escapou de mim.

– Xixi?! – Óbvio, embora improvável.

– Määäe! – Entoei já no banheiro.

– Filha! Olha só: agora a gente pega um absorvente aqui, coloca assim... E pode ir. Não tem problema. – Naturalizou.

– Deve olhar sempre para ver se está cheio; daí retira, enrola assim, desse jeito, e coloca no lixo para usar um novo. – Instruiu.

Calada, eu prestava atenção.

– Não te preocupes. Nesse tempo de ir e voltar não será preciso trocar. – Previu.

Chegara o meu dia.

– Ah! Olha! Agora tu precisa ter um comportamento diferente: tu virou mocinha. – Consumou.

– O que é isso agora?! – Pensei assustada.

Era uma súbita virada de vida para meus onze anos.

Fui ao evento toda endurecida. Por dentro, eu me debatia. Não fazia sentido acordar criança e dormir mocinha.

Mal conseguia caminhar, porque aquele absorvente parecia uma fralda de tão grande, mas eu tinha de me adaptar.

– Será que, quando sair na rua, alguém vai perceber?

– Será que vai acontecer alguma coisa e ninguém vai me dizer?

Tensão e atenção passaram a ser constantes, pois adentrara num mundo misterioso e cheio de riscos.

– Ela já é mocinha! – Anunciava minha mãe para outras mulheres nos dias que se passaram.
Bastava dizer a palavra *mocinha* para que a verdade se revelasse entre as iniciadas.
Meu pai nunca tocou no assunto. Talvez soubesse, mas fingia que não. Nunca vi a mãe contar para algum homem. Era secreto, mas não para todo mundo.
– Parabéns! Agora já cresceu. – Ouvia nas ocasiões em que o meu evento privado se tornava público.
– Bem, agora que sou mocinha, não posso mais brincar!? – Concluía meu fim.
Mergulhei num oceano de culpa. Não sabia o que fazer com minhas bonecas. Brincava e desbrincava... Meu novo balanço.
Sentia vergonha, não pelo fato em si, mas porque eu queria ser criança.
Não era estranho nem doloroso menstruar, tampouco fazia perguntas ou compreendia seu porquê; acontecia. Sequer sabia da existência de relações sexuais.
– A partir deste momento, tu cresceu! – Isso era o que me incomodava: o decreto.
Nunca recebi instruções sobre o tal novo comportamento. Talvez minha mãe também me visse como criança.
Até os meus quatorze, não conversava sobre isso. É provável que tenha acontecido com minhas vizinhas de condomínio, mas o silêncio pairava entre nós.
Aos poucos começamos a nos ajudar entre colegas.
– Ah! Olha! Tenho absorvente aqui, posso te emprestar. – Nada além disso.
Entrei no primeiro ano do Ensino Médio e logo em seguida uma colega, de treze anos, ficou grávida.
– Fiz um aborto. – Contou com ares de situação resolvida.
Foi apoiada pela família, embora seu namorado, também de treze, e pais preferissem outro desfecho. Ninguém a rejeitou na turma por conta disso.

Mas ficamos apavoradas.

– Meus Deus! Como isso pode acontecer? – Eu me questionava. Eu me via adolescente, não mãe.

Logo no final do ano ou início do próximo, ela ficou grávida de novo, do mesmo namorado. Fez outro aborto.

Fiquei surpresa com o aborto, e com o fato de ela ter engravidado, mas não pelo sexo. Tudo ficava claro para mim aos poucos, talvez por conta das aulas de ciências e biologia; era conteúdo para vestibular.

Aos vinte conheci uma amiga cuja irmã fazia sucessivos abortos. Parecia ser fácil, mas eu pensava que devia ser uma coisa muito sofrida.

Já havia parado de me questionar sobre ser grande, mocinha, e mudei esse desgosto pelo de não gostar de menstruar.

– Ah! Sete dias: cuidar, trocar, ir ao banheiro com frequência...
– Ruim!

Conversas aqui, outras ali, e declarações de incômodos se entrecruzavam.

Namorei, casei e passei a vigiar tecnicamente o ciclo dos meus dias por alguns anos, sempre com o pesar da sensação de desconforto.

Durou até o nascimento da minha filha.

Não foi um marco, mas a partir daí minha relação com a menstruação mudou completamente.

Lia e conversava com outras mulheres, que passaram a olhar de forma diferente também. E ganhei de uma amiga, quando voltou de viagem dos EUA, um tipo novo de recurso para usar naqueles dias, que experimentei. Passei a testar de tudo um pouco, o que me levou a usufruir de diversas opções conforme o dia.

Nasceu em mim a profunda compreensão de que menstruar é algo natural, não um empecilho. Hoje sinto os ciclos como algo bom, e confesso que fico bem contente com isso.

Cuido para que a estreia da minha filha seja isenta de quaisquer interrupções.

Virar mocinha levou minha criança. Virar mãe trouxe uma nova criança.

Faces da Criação reveladas pelo ventre do meu ser Mulher.

# Todas por uma

Sempre fui muito alegre, uma bênção.
Éramos uma escadinha de cinco: dois irmãos e três irmãs. Mesmo pai, mesma mãe, mesmas condições, mas com personalidades bem diferentes. Em nossa casa havia o quarto dos pais, dos meninos e das meninas. Lembro-me de que no nosso havia três colchões empilhados, que eram espalhados lado a lado no momento de dormir. Eu achava o máximo.
O pai viajava muito, então a mãe era muito dedicada a nós. Estudávamos e fazíamos diversas atividades, pois ela precisava nos ocupar de alguma forma. Assim tive muitas oportunidades para praticar minha alegria.

Entre meus nove e dez anos, havia uma banda do colégio que era composta, além dos músicos, por um corpo de dança, que fazia apresentações pela cidade: o grupo das baianas. Eu era uma delas; minha irmã mais nova também o integrou em seguida.

Num desses eventos, estávamos lá no Cisne Branco, se não me engano, na rua, chão quente, e eu, de sapatilha de sola fina, com aquele sorriso.

Vestíamos turbante prateado, com frutas, *top* branco, sainha colorida. Era um uniforme providenciado pelas mães. A minha, como não trabalhava, dedicava-se ao meu.

– Era o mais lindo; tinha o ilhós mais colorido... E eu era a mais pintada, a mais cheia de pulseiras...

Não era apenas o meu uniforme que se sobressaía, mas eu também. Além de alegre, era muito desinibida; então, naquele grupo de quinze, vinte meninas, não sei, eu fazia sucesso; e era falada.

Por isso, era convidada para todos os eventos da escola. No Natal eu era Jesus Cristo; na Páscoa, o coelho; em toda peça de teatro, a atriz principal. Isso levantava minha autoestima.

– Não deveria permanecer sendo baiana.

– Seu corpo já está mais desenvolvido.
– Não está adequada.
– Destoa do grupo.
– É muito saliente.

Foi isso que um grupo de mães comentou quando se reuniu para falar daquela baiana em pleno *show* no Gasômetro. Aquela baiana era eu.

Ouvi.

– Saliente. – Essa palavra impregnou em mim.
– Sou muito saliente. – Virou quase um decreto.

Falei com a minha mãe.

– Mãe, não quero mais ser baiana.
– Não dá bola, minha filha. É uma pena que foram adultos a manifestarem isso.

Ela falou com a professora.

– Não dá bola. És ótima, danças bem, deves continuar. – Ela me apoiou. Não sei se conversou com aquelas mães.

– Quem sabe a gente para de ser baiana? – Sugeriu minha irmã, afetada pela situação.

– Não. É bom ser baiana. Vamos continuar. – Eu me afirmei diante dela.

Depois desse evento, no Natal, quando fui convidada para ser Jesus Cristo declamando uma poesia, decorei-a. Cheguei no palco... (*saallliennnte*)

Travei.

Havia um fantasma dentro de mim.

Por sorte, a professora veio, sussurrou alguma coisa, e declamei a poesia.

Passado mais um tempo no calendário escolar, chegou um convite para que alguém fizesse uma atividade no coral.

– Não vou me oferecer; dizem que sou saliente. Vou deixar outra pessoa. – Fiquei quieta.

Ninguém se colocou à disposição.

– Poxa, mas eu poderia ter feito! – Voltei para casa pensando.

Sempre tirei dez em tudo, eu e meus irmãos. Tínhamos horário de estudo, fazia parte da rotina. Éramos bem competitivos nas notas, e isso elevava a média de todos.

Então era natural que eu soubesse responder quando os professores perguntavam alguma coisa.

– Vou ficar sem falar. Vou evitar. Vou conversar menos, aparecer menos; serei menos saliente.

Depois daquele rótulo, não respondia mais nada.

Hoje percebo que aquele grupo de mães deveria estar com inveja, porque suas filhas não se sobressaíam tanto quanto eu. E aquele comentário que ouvi, sussurrado, marcou minha vida. Eu estava saindo da infância para a adolescência; era um momento crítico da formação e do meu desenvolvimento. A repercussão psicológica foi grande.

– Não! Sempre dou o meu melhor. Se as pessoas não gostam, o problema não é meu. Vou continuar sendo quem eu sou. – Trabalhei muito essa questão da vaidade.

Esse fato não impediu que eu fizesse a maior parte de minhas coisas; tive muito apoio familiar para dar conta.

Eu poderia ter me contido para sempre, não assumido meu trabalho de hoje, que me exige muita exposição, mas eu segui. Mesmo assim, há pouco tempo, ao realizar uma atividade profissional que envolveu declamação de poesias, voltei ao passado. Por alguma razão, em virtude do cargo que ocupo, devo aparentar ter condições de tirar de letra, por isso a colinha, permitida naquela situação, não foi preparada para mim. De toda maneira, eu havia decorado meu texto.

Subi ao palco e, diante daquela plateia cheia de pessoas e de expectativas...

(*saallliennnte*)

– Gente! Eu me esqueci! Ajudem! – Deu um branco.

O fantasma se apresentou.

Eu adorava ser tudo. Sempre fui muito otimista, educada a procurar alternativas, a não gostar de coisas ruins e a resolver os problemas. Isso fez parte da minha formação familiar. Por isso, considero que minha alegria sempre foi uma chave, é a minha bênção. Ela e a vida familiar, que prezo muito, sustentaram-me.

Mas algo acontece, nas nossas experiências de vida, que faz a palavra de alguém de fora do nosso circuito doméstico causar tremor nessa base.

– Do meu circuito doméstico. – É preciso ajustar, pois muitas vezes é dentro de casa que se criam os fantasmas.

A força daquelas palavras fez tensão contrária em mim, cambaleei na minha estima. Eu não era uma ilha, nem minha família. Senti insegurança por ter valorizado a opinião de um terceiro. Mas as vozes daquelas adultas, mães das minhas amigas, eram importantes para mim.

Crianças, quaisquer que sejam, são responsabilidade da família, da comunidade, do estado e da sociedade civil. Parece simples, mas não é.

Pela alegria ou tristeza, ainda precisamos da Constituição para lembrar que somos todos por um.

Eu sigo.

# *Fuego!*

Todo ano ocorre festa junina.

O pai de minha amiga, em função de pagamento de promessa, oferecia a celebração anualmente, a céu aberto, no meio da rua. Momento de alegria e diversão até meus doze. Daí em diante passou a ser oportunidade para amar. Ainda brincávamos de boneca, mas as escondíamos, para sugerir que a fase madura já havia chegado. Nossas conversas incluíram consultas às meninas mais velhas sobre menstruar, beijar, namorar. Invejávamos essas posses que elas ostentavam. Começamos a olhar para os meninos. Fazíamos seleções.

Certa vez indiquei um rapaz, mais para homem, ao topo do meu *ranking*, com o atributo de ser o mais lindo do bairro. Quase tive um treco quando nossos olhares se conectaram num dia em que ele passou na frente da minha casa. Andava a pé, todos os dias; ia, voltava. Eu, sentada na mureta, aguardava seu trânsito.

Sorríamos, cúmplices.

Chegou a época da Festa Junina e, com ela, a nossa chance. Tricotei um par de polainas às pressas, listradas de branco e preto, e combinei-as com minissaia amarelo-ovo, toda de veludo cotelê. Não lembro mais de que tecido era a blusa, por sorte.

A festa tinha diversos ambientes: a rua, a casa e o galpão. Neste aconteciam as danças. Ficávamos na pista quando a música era rápida e encostados na parede quando era lenta. De repente começou a tocar a música mais romântica da noite, e ele me tirou para dançar.

Ele!

E eu!

Fui envolvida pelos seus braços e abracei suas costas, trêmula. Encostei meu rosto no seu pescoço.

Fiquei.

Minha pele colou na dele. Avancei ainda mais para perto. Senti seu cheiro. Ah! Cheiro de homem! Aquela fragrância trepidou no meu corpo da cabeça aos pés.
Meu espírito fagulhou no céu.
Para minha mãe, eu poderia namorar somente após estar formada na faculdade. Tentei, sem sucesso. Namoramos, escondidos, por um ano após esse dia.
Doze meses de descobertas.
Acabou.
Outras experiências e anos depois, veio a vontade de namorar.
– Amiga! Vi um cara no aplicativo e tive uma intuição. Ele tem tudo a ver contigo, é todo espiritualizado.
– Se tu achar uma boa, amiga, passa meu contato a ele. – Sugeri. Por que não?
Quase de imediato ele lançou chamas no meu celular, anunciando sua chegada.
Li.
Tremi.
– Oi! – Respondi.
Pairava o constrangimento.
Estávamos sendo aproximados por uma terceira pessoa, e de uma forma inusitada.
– Quanto mistério! Pode ser bom, por que não? – Acordamos.
Daí ele passou às perguntas.
– Tem insta?
– Não.
– Estranho!
Pediu foto.
– Esta do perfil do *whats* não serve?
– Quero mais.
Caramba!
– Bem, posso mandar uma foto do jeito que estou, no meio dessa viagem, lugar bonito.
Mandei.

Ricocheteou outra foto, com a legenda:
– Tu toda arrumada, e eu todo ogro!
Ignorei.
Prosseguiu, metralhando-me:
– Nome completo? Cidade? Signo? Ascendente? Idade? Altura?
Voltei aos doze, não pode ser! Parecia minha lista de atributos inspirada na revista *Capricho*! Foquei em tornar tudo bem-humorado, o que me custava.
A vantagem é que sabia dar as respostas.
– Boa! Boa! – Ele comentava a cada devolutiva.
Até o momento em que falei qual era meu signo.
– Ah, então gosta de cozinhar?
Tudo igual em todos os tempos. Basta dizer que se é do signo de Touro para que as pessoas perguntem se a gente gosta de comer ou de cozinhar... Que inferno!
Meu contra-ataque foi o de devolver a ele todas as suas perguntas.
Retornou, uma a uma.
Pisciano? Eu cozinho e ele sonha? Pensei, soltando labaredas de crueldade.
– Legal! – Respondi.
E mudei de assunto.
– Está em busca do quê?
– Do agora! – Respondeu.
A tal da espiritualidade! Festejei.
– A busca de toda vida, né?! – Comentei.
– Quero mais fotos. – Retrucou.
Expliquei, de noooovo, em poucas, mas não grosseiras linhas, que não as enviaria, mas autorizei:
– Se quiser, manda as tuas. Fica à vontade.
– Fotos como?, perguntou.
– Tu que sabe. Se gosta dos agoras, envia deles. – Respondi, sentindo-me iluminada.
– Obrigado! Agora estou indo para o banho...

E fui atingida por uma foto de um chuveiro ligado. Ai!
Ele prosseguiu:
– Não consigo me fotografar durante o banho. Posso ligar?
– Quê!? – Joguei longe o celular.
Repassei: um ser humano está pedindo para me ligar durante seu banho, num primeiro dia de primeiro contato, e pelo *WhatsApp*?!
SOCORRO! QUE TEMPOS SÃO ESSES?
Voltei ao celular. Para minha sorte, ele havia mandado apenas uma foto, após o banho, visão das pernas e da paisagem.
Elogiei a paisagem.
Passou a enviar fotos de paisagens.
Maldito fogo desvairado que acaba com qualquer chance de vida! Enviei dois respeitosos parágrafos para ele.
No primeiro opinei sobre a decadência de estarmos tratando pessoas como produtos de supermercado.
No segundo confessei que, até onde eu sabia, apenas no primeiro instante de vida a gente começa pelado, e por pouco tempo.
– Li, mas não entendi o que tu escreveu. – Ele disse.
Ai!

# Um corpo, dois mundos

Vivi no interior até os dezenove anos.
Lá se confiava que o corpo pode curar a si mesmo. Consultar benzedeiras e curandeiros da comunidade e usar ervas para diferentes tipos de males eram os recursos imediatos caso se considerasse que alguma ajuda era necessária.
Desviar das *porcarias* do supermercado e dos *venenos* dos hospitais foi, sem dúvida, um grande estímulo dado pelo meu pai.
Ele suspeitava.
Procurar um plantão para avaliar todo e qualquer sintoma? Não.
Muitas vezes a solução para o mal era esperá-lo passar, acreditar na força da natureza.
Acontece que viver na natureza e gostar muito de esportes acarretava grande fluxo de quedas, batidas, torções. Para essas ocorrências, meu pai levava-me num senhor que tinha uma sala de atendimento no porão de sua casa, equipada com maca, mesinha, pôster de esqueleto e cheiro forte de arnica. Perguntava sobre o trauma e tocava o local ferido. Virava e desvirava, puxava e apertava e, segundos depois, após um estalo e um grito (meu), eu saía pronta para outra.
Já na capital, aos vinte anos, numa festa com meus colegas de faculdade, aconteceu uma briga. Estava de costas para a cena e, mal tendo tempo de reagir ao arregalar dos olhos de meus amigos e seus gritos de SAAAAAAI!!!, fui atropelada pelos combatentes. Caí, fugazmente pisoteada. De pronto os seguranças contiveram a luta. Todos parados enquanto o som seguia na boate, desavisada de que ninguém mais tinha vontade de dançar.
Senti intensa dor na mão direita e fui conduzida ao pronto-socorro. Plumas despencadas, maquiagem borrada, eu me vi numa sala de atendimento, entre um acidentado e um baleado.

Temi estar muito pior do que conseguia avaliar. Fui atendida rapidamente.

Fratura no dedo minguinho.

O aparato de contenção, pela sua imponência, dava-me a impressão de que eu tinha, por baixo, uns dez dedos minguinhos. Veria novamente essa parte de mim dentro de um mês, e com a ajuda de um fisioterapeuta.

Passado o período de convalescência, ao reencontrar meu dedinho novamente, vi que ele tinha um enorme calombo na região central, na sua parte interna, o que conferia certo distanciamento do meu dedo anelar.

Meus colegas apelidaram-no de dedo *liquid paper*, em homenagem aos apagadores de tinta em forma de caneta, que continham um recipiente no centro.

Fiquei inconsolável.

Logo eu que, conforme minha mãe, tinha "mãos de pianista"! Sempre interpretei como elogio. Agora teria mãos de *liquid paper*?!

Foi então que desenvolvi um tique de todo dia apertar o calombo, no intuito de fazê-lo desaparecer.

Passaram-se seis meses, e eu não tinha vencido sequer um milímetro do calombo. Lembrei-me daquele senhor.

Voltei para minha terra natal e, para minha alegria, ele ainda continuava atuante.

– Devia ter vindo antes. Vou ver o que consigo fazer.

Num misto de fé e desesperança, entreguei meu dedinho a ele, fechei os olhos e aguardei o momento de lançar o grito.

– Está pronto, inchado, mas vai desinchar. Em uma semana vai estar sem o calombo.

Mas será?

Sete dias depois, já na capital, voltei a ter mãos de pianista.

Como isso pôde ser possível?

Eu não queria desconfiar tanto como meu pai, mas dei toda a razão a ele. Aquele senhor devolvera a dignidade do meu minguinho.

Num ímpeto revolucionário, senti que deveria construir uma ponte entre esses dois mundos, o do interior e o da capital, e criar minha comunidade.

Construí.

Conto com curandeiros, benzedeiras e ervas na mesma medida em que faço exames e frequento consultórios médicos.

Nunca temo o pior.

# Botox?

A pandemia levou embora minha juventude. Entrei nela com dezessete e saí com mais de quarenta.

De repente lanço um sorriso, e tudo se amontoa mole, seco e riscado no entorno dos meus olhos. Estou acabando!?

Com a visão das trevas, vem o feitiço: de um minuto para outro, passo a não mais enxergar as letras pequenas. Testo diferentes distâncias de *zoom* com o braço; nada adianta. Espremo os olhos, o que só ajuda a piorar as rugas.

Resistente e inconformada, passo a pedir ajuda aos filhos.

– Óculos? Capaz!

Eles leem. Mas tripudiam.

– Tu tá velha!

Era curiosa a visão que tinha sobre o avançar da idade quando criança.

No início da adolescência, tentava avançar do bom para o melhor por vaidade. Passava camomila no cabelo se queria que ele clareasse, e babosa para que amaciasse. Era estranho quando surgiam farelos amarelos ou gomos gelatinosos esquecidos em algum enxágue. Mas havia muito cabelo para compensar os descuidos.

Lembro-me de estar com ele pela altura da cintura quando decidi fazer permanente. Virei leão! O efeito *frizz* coroou meu corpo miúdo como leque aberto. Reverti o indomável em poucas semanas, pois entendi que, do outro jeito talvez eu me livrasse de embaraços.

Era permitido experimentar algumas coisas. Outras, não. Unhas pintadas de vermelho apenas quando passados os quinze anos. Não recebi explicações adicionais ao que deveria ser apenas cumprido, mas algo me dizia que o vermelho oferecia uma invisível linha demarcatória que dividia meninas de mulheres.

Eu queria ser mulher o quanto antes, e acreditava que pararia por aí. Envelhecer era para os outros.

Minha avó, franzina e cheia de marcas de expressão, era minha avó, por isso aquela aparência. Nunca poderia ter tido outra. Eu não chegaria até aquele ponto porque era a sua netinha. E era também a filhinha, a sobrinha, sempre a "inha", jamais a velhinha!

Errei.

Agora precisava avançar, urgente, do feio para o bom.

Uma celebridade, ao ser perguntada por um repórter sobre como estava se sentindo após os quarenta, foi definitiva:

– Estou bem, graças ao meu dermatologista.

Ninguém escapa.

Então passei a me aconselhar com mulheres que passaram a enfrentar os mesmos dilemas que eu. Recebi dicas, telefones de especialistas, indicação de pomadas, cremes, procedimentos variados... Procurava saber todos os detalhes. O botox, que parecia caminho sem volta para mim, surpreendeu-me. As gurias me contaram que seu efeito dura em torno de seis meses e custa caro. Mas que se pode parcelar em até doze vezes.

Imaginei uma gaveta cheia de carnês de botox, e os olhos despencando mais depressa que os pagamentos. Nãããoo!

– Tu pode cortar o excesso de pele da pálpebra! Tem chance de durar para sempre; depende da flacidez. É cirúrgico, mas nem se nota a cicatriz. Olha! É ótimo! – Mostrou-me a colega.

Eu demonstrava interesse, mas tentava conter os calafrios causados pela visualização do bisturi cortando a tampa dos meus olhos.

Cruz credo!

– Metade da tua vida para te aceitares como tu és e a outra para arruinares toda a tua conquista? – Minha alma, cheia de si, partiu para cima de mim.

Das três, uma: ou ela é muito conservadora, ou não gosta de ver gente dando marcha à ré na derrocada natural do corpo, ou gosta de mim.

– Mas o que faço agora? Digo ao meu corpo que aguente firme? Mudei o foco das conversas.

Passei a falar com as gurias sobre minha alma, suas descobertas, tudo muito interno e profundo; ela vibrava.

Numa dessas oportunidades, falava e percebia um olhar quase fixo nos meus olhos, como se dissesse:

– Lindo, amiga, mas tudo isso te deixou acabada, né? Não vale a pena.

Eu, banhada de insegurança, subia à superfície e já emendava:

– Pois é, envelheci, mas não vou usar botox, guria.

E veio o consolo:

– Que nada! Tu tá apenas com os pés de galinha. O resto ainda tá ótimo. Já experimentou suplemento?

– Só o da alma.

# Do mato para a selva

Habitar um grande centro urbano era obrigação para quem quisesse fazer faculdade. Apostar no ensino superior acarretava ter de deixar a casa da família e a terra natal.

Não precisar voltar era prova de sucesso.

A mudança de cultura configurava-se como o principal desafio. Vias, cheiros, rotinas, gostos, paisagens e comportamentos distintos em cada campo. Tive vantagem quando chegou a vez de morar na capital, pois minha irmã estava lá e já tinha desbravado algumas trilhas.

Era final de semana e, mal cheguei, já recebi convite para evento na tardinha de segunda. Um jogo de vôlei com colegas de trabalho de minha irmã. Realmente tinha escolhido o lugar certo para viver.

Bastava ir ao encontro do pessoal.

Até então eu tinha andado de ônibus intermunicipal e interestadual, pois, no interior, dentro da cidade, a gente andava a pé. Ou de carro, se fosse preciso ir ao centro. Mas morar fora exigia algumas adaptações. Para o evento, fui instruída a caminhar até a avenida, instalar-me na parada, sentido bairro-centro, e esperar pelo ônibus da linha T5.

Morávamos numa rua tranquila, perpendicular a duas importantes avenidas. No dia do jogo, saí do prédio e peguei à esquerda, rumo a uma delas, conforme as orientações.

Localizei a avenida e a parada de ônibus com grande insegurança. Não tardou para avistar meu ônibus, o que me aliviou.

Subi os dois lances de escada como quem atinge o topo do Everest.

Meu corpo esbanjava entusiasmo. Olhei para os lados, encontrei um lugar e fui sentada rapidamente pelo arranque brusco do ônibus.

– Terei de ser mais rápida da próxima vez.

Olhei para a pessoa ao meu lado, que não me olhou de volta.

– Boa tarde. Tu não me é estranho. Tu é filho de quem? – Nada disso.

Reparei que, em vez de falar, devia pressionar os joelhos um contra o outro, apertar meus braços junto ao tronco, fechar a cara e olhar melancolicamente para o lado de fora do ônibus.

Devastadora tristeza da cidade grande.

O telefonema da minha irmã me salvou do choro iminente.

– Oi! Onde tu tá? – Falei o nome da rua.
– Ooooonde?

Repeti.

– Tu não deveria estar nessa rua.
– Passei do ponto?
– Essa rua não faz parte do itinerário desse ônibus.
– Meu Deus do céu! O que está acontecendo?

Corri para pedir socorro ao cobrador.

– Moço, com licença, que ônibus é este?
– Te vê. – Ele disse.
– Como assim, te vê? – Espantei-me.

Voltei ao ponto de partida, enquanto fritava a cabeça para entender o que se passava.

Desci derrotada e humilhada.

Debrucei-me sobre o enigma.

Eu deveria ter pego à direita, era a outra avenida. Nela teria subido no T5. Mas subi no TV.

Saudades da simplicidade do mato. Sobreviveria na selva?

# O mundo me faz maior

Minhas idas e vindas ao exterior começaram cedo. Cresci em Joaíma, interior do interior. Os bois comandavam nossas vidas, exceto quando se deixavam conduzir pelos cavalos. Andar de botas, saber o preço da arroba e dominar a arte de extrair deles o melhor para nós, era o ar que a gente respirava.

– Vamos receber uma intercambista dos Estados Unidos. – Anunciaram a novidade.

Nossa casa tinha três dormitórios, o das meninas, o do meio e o de fora, além do quarto dos meus pais. Éramos oito irmãos, mas quatro já moravam em outra cidade, o que deve ter facilitado o rearranjo para recebê-la.

– Ela ficará três meses. – Entendi.

E chegou. Falando inglês e tudo. Mas o que chamou minha atenção foi seu chiclete, algo realmente de outro mundo: era compridinho e fino.

Eu só queria saber daquele chiclete estrangeiro que ela ostentava. Certa vez, meu irmão e eu desistimos de apenas olhar e... roubamos alguns.

Ela descobriu, e contou para nossos pais.

– Desculpe, foi errado, eles não farão mais isso. – Ela ouvia dos nossos pais enquanto falava uma série de coisas em inglês, que eu não entendia. Parecia chateada.

A gente se envergonhou, mas não se arrependeu. Conhecer aquela novidade era o mais importante para nós. Não repetimos.

– Temos de levar a americana para casa. Vem junto. – Convocou-me meu pai.

Eu não sei por que ele me escolheu dentre tantas outras opções; eu tinha apenas cinco anos. Mas foi uma grande oportunidade para mim.

– Vou viajar e levar a americana para casa! – Nascia em mim aquele que transporia fronteiras.

A viagem foi tranquila. Passamos por muitas fazendas, currais... Foi bem rápida também.

Chegando lá, eu realmente me senti em outro mundo. A imagem que não esqueço por nada foi a daquela praça, circundada de casas, cheia de árvores diferentes, de azulejos e com uma... piscina. Eu nunca tinha visto uma piscina. Muito menos numa praça. Era fabuloso!

Deixamos a americana e voltamos para casa.

– Olha! Eu fui aos Estados Unidos! – Confirmei orgulhoso do sucesso.

– Mas, como assim, foi aos Estados Unidos? – Intrigaram-se.

– Sim, a gente foi lá levar a americana aos Estados Unidos. – Relembrei.

– Não! Aquilo ali é Jequitinhonha! – Tentaram me confundir.

– Uai! Não! – Afrontei.

Então me explicaram que, no programa de intercâmbio oferecido pelo Rotary, um intercambista passa três meses em cada casa. E o que nós fizemos, segundo eles, foi levar a americana para a próxima casa, há menos de cinquenta quilômetros de distância, e por estrada de chão.

A informação tardou, e falhou. Essa foi a minha primeira viagem para o exterior, e disso mantenho-me convencido.

Ela criou em mim um impulso permanente para ir ao encontro do mundo, que para mim ficou sendo muito próximo.

Aos dezessete, quando tive a chance de fazer minha segunda viagem, cheguei e logo fui surpreendido pelo convite para ir caminhar por uma floresta. Senti medo. No meu interior, sempre aprendi que florestas existiam para serem temidas. Ali, naquele exterior, eu me vi atravessando a floresta para passear de uma cidade a outra, algo normal naquele estrangeiro.

Hoje, se não me perco nas contas, já estive em vinte e nove exteriores. Eu me lanço. E me sinto em casa quando o outro se mostra à vontade para mim.

Certamente eu gosto dos bois, mas viajar me ensinou que existem diversos outros bons ares.

Sempre vou; e volto maior do que eu era antes.

CONTO COMIGO 65

# Mundo interior

Férias de verão.

Estradas começam a conduzir crianças e suas famílias para lá e para cá; é a época de esvaziar a cidade.

Fui levado daqui muitas vezes junto com meu irmão um pouco mais velho. Passávamos quarenta ou cinquenta dias fora de Porto Alegre. Tudo entre meus oito e doze anos.

Quando voltávamos para a escola, todo mundo contava suas histórias de praia, e a gente só tinha de serra; íamos para o interior. Nos colégios em que estudei, as famílias não tinham parentes nessas outras regiões. Lembro-me de um amigo para quem o interior era o Lami.

Ir e voltar era uma saga. A mãe, ou às vezes o nono, nos levava até Bento Gonçalves, ou Veranópolis, dependia do horário. Chegando lá, tínhamos de pegar o ônibus do dia, um único, e assim chegávamos à Linha onde ficava a casa do meu tio.

Na verdade, não era tio; era primo da minha mãe. A família é tão ramificada que às vezes a gente nem conseguia fazer a conexão exata do grau de parentesco, mas o fato é que estávamos em boas mãos.

A pequena comunidade se constituía de salão de festas, igreja, cemitério e uma escola, a brizoleta. A mãe contava que, quando pequena, frequentara aquela escola, na qual chegava a pé, de tamancos, ou descalça quando chovia, porque era menos ruim. A professora, que também morava distante dali, ia a cavalo.

– Quem é que tá chegando!? – Ficavam olhando para a gente. As roupas, o jeito de falar... eles falavam o vêneto. Nós éramos de outro mundo.

A mãe não ficava conosco. Deixava-nos no tio e acontecia uma espécie de isolamento de tudo o que nos conectava à Capital. Não havia telefone, então a gente sequer se comunicava.

Na casa, havia um quarto para nós, com duas camas. Ali conheci o que é ronco de verdade; o tio quase fazia a casa tremer. Fora dela havia chiqueiro, estrebaria, galinheiro, horta, patente.

Brincar e ajudar era nossa programação. Jogávamos futebol, guerreávamos munidos com uma frutinha amarela meio gosmenta, empilhávamos latinhas, atirávamos pedras para derrubá-las e participávamos da vindima. O corpo testemunhava tudo: ficávamos marrons de terra, amarelos de frutinhas, vermelhos dos vergões e inchados pelos ataques dos borrachudos. Não havia repelente, ou a gente não o comprava; então passávamos azeite ou sabão; era uma fórmula contra mosquitos, mas a favor de tudo quanto é tipo de outras coisas.

No tanque, com auxílio da fonte infinita de água gelada que vinha direto da vertente, conseguíamos nos desvencilhar de boa parte daquelas camadas.

Pegávamos uma Rural, com caçamba de madeira, e íamos até onde o pessoal estava, pois as parreiras não eram perto de casa. Botas de borracha, chapeuzinho, garrafão de vinho cheio de água com limão espremido e utensílios de colheita eram os suprimentos necessários para o trabalho. Voltávamos ao meio-dia para almoçar a comida feita por algumas mulheres, e também parávamos para o lanche.

– Tem *pom*, salame e suco de uva.

Assim se ofertava nossa rotina, nosso pão de cada dia.

O tio e muitos outros homens trabalhavam como umas máquinas. Nosso desempenho, claro, não era o mesmo.

– Vai lá no caminhão e pega tal coisa.

– Traz aqui.

– Leva a água para o fulano.

A gente colhia também, mas estávamos mais para estafetas. Nada era rígido e não tinha cobrança. Era trabalho, mas, na verdade, tudo era uma curtição para nós.

– Uma cobra! – Gritei num dia em que estávamos bem embaixo da parreira.

– Olha ali a cabeça dela! – Eu a vi.

Era um lagarto.

Depois que fui entender as diferenças de um para outro. É fácil de distingui-los, mas eu ficava sempre cuidando, sobressaltado; tinha medo de cobra.

Havia também as mamangabas. Quando o trenó passava pelos corredores das parreiras, às vezes desalojava um enxame delas, e todo mundo saía correndo.

Mas alguém sempre ia para a Rural, pegava o arsenal e tocava fogo nelas. A solução era prática, definitiva. Era preciso seguir trabalhando.

Com a tesoura, a uva saía da parreira para o cesto, depois o cesto era virado numa caixa que estampava o nome da família do tio. Em seguida eles enviavam as caixas para a Suvalan e a Aurora, que produziam suco ou vinho; dependia do tipo da uva. Foram reconhecidos como campeões de produtividade. E a aumentaram, arrendando mais e mais terras.

– Não vou poder levar, vai empinar.

Foi o que meu tio falou num desses dias comuns, quando subíamos por um barranco, ele, eu e o trator que puxava um carretão de milho; não viviam apenas da uva.

– Faz assim... – Passou a me orientar para dirigir, enquanto ele se transformava em contrapeso no para-choque do trator.

– Segue reto. Agora vai para a direita. Agora pode parar, já consigo subir.

Era muito íngreme, poderia empinar mesmo. E assim aprendi a dirigir trator.

Mas nossa maior recompensa era poder comer aquela comida toda, principalmente nas festas da paróquia. Todos pareciam sincronizados, funcionários perfeitos: alguns assavam, outros faziam salada, tudo orquestrado e harmônico. Começavam a servir as mesas pela sopa de *capeletti*, tanto no frio como no calor, seguida pela carne *lessa*. Na sequência, o churrasco: a carne de porco, frango, ovelha, gado, acompanhado pelas massas e o vinho doce... Vinha o que a gente quisesse.

Quando voltávamos das férias, era estranho. Já estávamos acostumados a acordar cedo, a sentir sabores diferentes, a sentar na frente de casa à noite para contemplar o céu estrelado e suas muitas estrelas cadentes, a provocar revoada de vaga-lumes... Era uma coisa fantástica. A gente sentia falta.

Por sorte, morávamos numa área pouco urbanizada na cidade. Era num canto e havia um terreno, onde confirmávamos o que o pessoal costuma falar:

– Gringo, quando tem um pouquinho de terra, já sai plantando.

Pêssego, framboesa, milho, mandioca, girassol, tudo por influência daquelas visitas de verão. Fazíamos contato com as nossas raízes em qualquer montinho de terra.

Minhas histórias de verão não causavam estranhamento na escola. Mas eu ficava curioso pelas histórias de praia. Queria saber se a água era salgada, e se o que havia dentro dela era mesmo sal. Por generosidade de um vizinho, consegui entrar mar adentro sem encostar na água, sobre a plataforma de Tramandaí, isso aos doze anos, e no inverno.

Foi aos quinze, em Vitória, quando fui visitar meu pai, que trabalhava por lá, que tomei meu primeiro banho de mar. Foi um choque; era muito diferente. E assim acrescentei um mundo novo às minhas origens.

Quando fui para a Itália pela primeira vez, adulto e com passaporte brasileiro, precisei perguntar coisas ainda no aeroporto. Usei o vêneto, e foi tudo perfeito. Claro, eu parecia um nono falando, pois eles nem usavam mais certas palavras. Foi engraçado.

Depois fiz curso e me aprimorei, pois estabeleci vínculo profissional com uma empresa italiana.

Lembro-me de quando me aventurei a procurar a casa onde viveram meus antepassados. Não apenas a encontrei, como fui bem recebido e convidado para um banquete. Tudo sem avisar previamente. Com emoção, trouxe um punhadinho daquela terra para minha mãe.

Por força desses movimentos, internos e externos, passei a viajar para muitos lugares. Em cada país, de forma curiosa e inusitada, sempre encontro alguém da ramificação familiar. Conheço pessoas, que conhecem outras pessoas, e todas elas me levam a algum ponto de minha ascendência, seja ele qual for.

Passei a perceber que qualquer viagem pode me levar, de uma forma ou de outra, para algum mundo interior diverso, mas muito familiar e cheio de histórias.

E me sinto sempre em boas mãos.

# Eu espacial

Sinto uma ânsia desesperada de mundo.
A ponto de construir uma âncora. É um ninho cheio de pedacinhos de mundo para me agaiolar.
É contraditório, mas talvez seja complementar.
As noites sempre me revelam as coisas, às vezes em sonhos, pesadelos.
Um sonho recorrente pousou nas minhas madrugadas desde o meu primeiro, segundo ano de vida.
Era assim: eu tinha uma sensação física de compressão ao infinito, que alternava com uma expansão ao infinito, a ponto de perder a forma. E acordava bem estranho.
Parecia poesia. Mas foi virando prosa e favoreceu um repertório considerável de histórias cômicas, trágicas e tragicômicas.
A primeira foi quando tinha seis ou sete anos.
Todo santo final de semana, íamos para a casa de um tio, em Arroio dos Ratos. Ele teve de ir morar lá em função do trabalho. Era uma casa grande, de estilo alemão, alta, com dois pisos, sótão, adega.
Quando fomos pela primeira vez, percebemos que estava uma tapera, cheia de morcegos, aranhas, suja, vazia. A gente não tinha o que comer, nem onde se enfiar, então procuramos um armazém. E o tio comprou pão, manteiga, mortadela, queijo, e fizemos um piquenique no alpendre. Este mirava para uma rua em desuso, aberta, mas não terminada. Para mim foi memorável.
Sempre morei em apartamento, mas não posso dizer que sou um guri de apartamento, porque não sou mais um guri. Então, quando o pai e a mãe nos levavam sexta à noite, eu e minha irmã mais nova, era muito legal. Na lateral da casa, havia uma garagem que fora transformada em suíte para abrigar o meu pai. Então tínhamos nossos aposentos em noventa e nove por cento das vezes. Sempre recebiam muita gente.

Minha avó paterna morava lá, além de mais uma tia. E eu, como de costume, acordava cedo, antes de todo mundo, quase com o dia amanhecendo. Portanto, dormia muito cedo também. Jantava em torno de dezoito horas, e trinta ou quarenta minutos depois já estava dormindo. Mas nunca fui de me deitar para dormir; caía no sono. Isso acontecia no meio das tias, enquanto ouvia alguma de suas histórias, por vezes fantasmagóricas. Alguém sempre me arrastava para a cama.

Naquela noite, depois de ter comido e dormido, acordei. Mas me espantei, pois não reconheci onde estava. Aos poucos entendi que poderia estar na sala da casa. Logo detectei um homem estranho deitado ao meu lado.

Fiquei com medo.

– Cadê a minha mãe? – Sabes quando a gente vai atrás da mãe, né?!

Eu me esgueirei, pulei do sofá, e me fui até a porta da rua. A chave ficava pendurada num prego. Abri e fui até a garagem. Parei embaixo da janela basculante de madeira.

– Mainhêêê. Mainhêêê.

E escutei um burburinho. Vozes vinham de dentro do quarto. Percebi imediatamente que não eram dos meus pais.

– É! E está fazendo voz de criança! – Ouvi.

Fiz o caminho inverso. Passei a chave na porta da casa grande e me enfiei embaixo das cobertas, ao lado do cara estranho; eu me fingi de morto.

Não tardou para minha avó entrar na sala. Passou da divisória de vidro e chamou o meu pai.

– Tem ladrão na casa!

De pronto ele saiu com um revólver, e minha avó com uma vassoura.

Foram atacar o bandido.

Eu fiquei quieto.

Como um ratinho, meus olhos mal espiavam pela coberta, aguentando até que tudo se acalmasse.

Chamei minha mãe, já no outro dia.
— Fui eu.
E virou uma piada. Eles não dormiram quase nada, supondo que havia um ladrão com voz de criança rondando a casa. Foi cinematográfico. O filme se passou porque meu tio recebera visitas, e não tinha como acomodá-las. Então minha família se desalojou toda. E eu estava num sofá-cama, junto do namorado da minha irmã, na sala onde também estavam os meus pais. Foi a parte que me coube saber depois. Ou seja, naquele instante em que a confusão se instalou, ninguém sabia do todo.

E eu me percebi despertando para o ponto máximo de fusão que poderia alcançar naquele estágio da minha vida, que ficava abaixo das asas da minha mãe, e recuei para o mínimo de mim encolhido naquelas cobertas.

Eu não queria acordar ninguém, e acordei todo mundo. Sempre morria de vergonha de incomodar. Eu tinha dificuldade até para levantar a voz; agora não tenho mais.

Meu pai era uma excelente pessoa, mas havia um estresse sempre que ele estava chegando.

— Olha, teu pai chegou... baixa o som. — Orientava minha mãe, e eu escutando música.

— Faz isso, não faz aquilo, para. — Precisávamos não incomodá-lo.

Não deveria ser fácil para ele ser policial neste país. Ainda mais na ditadura. Ele se alastrava pelas ruas. Então, parecia que precisava de tempo e espaço para se recarregar. Minha mãe providenciava.

Levei tudo isso para o lado pessoal por um bom tempo. Claro que nada me impediu de ser quem eu sou e quero ser, mas, de alguma forma, retardou. Custou até que eu tivesse mais soltura. Sempre brinquei sozinho, esporte solitário, monotipo.

Hoje reconheço que tenho necessidade de passar tempo sozinho, sem ninguém, de me isolar, ainda mais com a exposição que eu tenho.

Talvez fosse isso que meu pai sentia também.

Fiz contato com a luz e me esclareci. Para mim, tudo precisa acontecer ao longo de um dia. Início, meio e fim. O amanhã deve ser vivido amanhã.

Pelo sonho de ser engenheiro, galguei postos na CEEE, desde a parte operacional até participação em projetos vultosos. Quanto mais ascendia, mais me desligava. Cortei os fios do meu dinamismo quando me vi em objetivos de longo prazo, nos quais a participação de qualquer profissional era parcial, sem contar que tudo poderia acabar sob qualquer mudança de governo.

Uma hepatite me religou. Levou-me a parar e a fazer tempo pelo mundo, pois passei a sentir os sabores da efemeridade. Foi lindo e sinistro, vivi de tudo um pouco.

Parti à deriva por lugares, pessoas, sensações, saí pelo mundo até quase perder a forma. Voltei depois de dois anos, segui com a faculdade trancada, pedi demissão, e construí meu ninho de mundo, onde me dou em diferentes formas. Pareço o Amyr Klink num barco na calota polar, onde não há nada em volta e tudo está congelado, mas com *links* de socorro e acolhimento. Nunca me reduzo ao extremo.

E me cerco de pessoas que têm o hábito de dizer tudo o tempo inteiro.

– Gostei disso, não gostei daquilo, vamos resolver. – Eu não consigo.

Óbvio que eu gostaria de dizer tudo, porque quando a gente resolve, vive mais livremente. Às vezes tento me aproximar um pouco mais desse tipo de jeito. Mas não me agrada, pois se a gente resolve muito...

– Quando vamos pirar?!

Não sobra lugar para desejos, utopias, fantasias, criatividade, e o filme da vida pode ficar sem estrelas.

Considero vital poder abrir e dar espaço. Fui criado na época em que pai e mãe eram leis. E eu não tinha território bem definido. Isso foi bom, pois me possibilitou aventuras em muitas querências. Mas também foi desafiador, pois custei a ter consciência do espaço que é meu, e de definir quem entra nele ou não.

Hoje minha filha tem o espaço dela; ninguém pisa no seu quadrado. Espero que também saiba se irradiar por outros, degustando o contraditório complementar.

Eu estou em busca de leveza para o meu cosmos. Quero poder equilibrar cada vez mais essa minha movimentação pelos espaços.

Desejo poder flutuar em torno de mim e do mundo, sem gravidade.

# Falar não é preciso

Existem línguas diferentes, sempre soube. A que mais me interessava era a língua dos animais. Cresci no interior, numa estância coberta de campos verdes, sem rio, com vento. Ali eu era um guri ao léu. Decifrava na retina o dialeto do verde infinito, iluminado pelos raios de sol incandescente que vinham por detrás da colina. As palavras dos livros também eram de fácil compreensão para mim, e tanto percebia seus monólogos como os diálogos que estabeleciam entre si na biblioteca de nossa casa. Eu prestava atenção.

As pessoas e os livros falavam, e nada disso me parecia incomum. Mas a natureza não me contava tudo.

O enigma diante de mim era em relação aos animais. Eu tinha certeza de que eles conversavam entre eles. Praticavam um idioma próprio que, por alguma razão, não estava acessível aos seres humanos.

– O que será que tanto matracam? – Eu me intrigava.

Observava as pequenas comunidades de formigas, pássaros, cavalos, e tentava captar algo daquela comunicação. Esticava meu ouvido como se projetasse cuidadosamente um canudinho longo e discreto que pudesse tragar esses papos. Mas era uma língua impenetrável.

Só havia um caminho para acessar essas prosas. Ele se dava por uma espécie de iniciação misteriosa.

– Um ritual. – Eu sabia.

Os iniciantes, em número de doze, deveriam estar todos num casarão isolado. Lá, em pé numa roda, penetrados pelo som de muitos tambores, entrecruzariam seus olhares até a confirmação da chegada da hora, sentida sem precisar de relógio. Assim que soasse o momento certo em algum ponto da madrugada, todos sairiam enfileirados e percorreriam, descalços e a passos lentos, uma trilha sinuosa que levaria a uma clareira no meio do mato. Nus e vendados, caso conseguissem chegar à clareira sem morrer de medo ou se acidentar pelo trajeto, encontrariam a fogueira central. Diante dela, escudados pelo seu calor e fumaça ondulantes, jurariam promessa. A partir dali estariam aptos aos desafios provocados por uma jornada de provas físicas, emocionais, mentais e espirituais. Três dias de sacrifícios epifânicos. Era preciso algo radical para acessar o oculto.

Mas nunca participei, nem mesmo vi nada disso. Não devia ser lugar para crianças.

Pessoas velhas, muito velhas, certamente conheciam a língua dos animais. Eu pensava que meu avô, o ancião mais próximo de mim, soubesse, embora tivesse, na época, seus quarenta e cinco, cinquenta anos. Por algum motivo desconhecido, tão ou mais misterioso, ele não me contava.

Isso parecia confirmar que os animais eram mais do que o desejo de sobreviver e de procriar. Havia uma sabedoria oculta.

– Mas qual?

– Será que seriam como os ETs, superiores e mais inteligentes para ajudar os seres humanos a verem algo que ainda não podem ver?

– Mas o que ganhariam com a missão de fazer algo por nós?

– Querem algo?

– Precisam de nós?

Eu não me perguntei tudo de uma única vez quando era pequeno. Isso se construiu em mim porque a certeza de que eles falam nunca saiu da minha cabeça. E eu adoraria fazer parte da equipe disposta a desvendar essa língua; desde que não me exigisse ficar nu no ritual.

Imagino como seria interessante se, num debate sobre cavalos, lá estivesse o cavalo, manifestando seu ponto de vista. Contudo, nem tudo se coloca em palavras, ao menos até agora. Às vezes, inclusive, elas atrapalham.

Sinto-me ouvinte, tradutor e intérprete das vozes que ouço pela vida. Sempre quero que falem, todas.

Mas percebi que em todas as vozes haverá sempre a de algum outro, qualquer que seja, que não se reduzirá a mim. Isso impede que se maquinem certezas na minha voz. Ou ao menos me protege de achar que posso tê-las. A irredutibilidade dos animais me ensinou sobre ser humano.

Talvez a sabedoria ancestral tenha revelado, para mim, que falar não é preciso.

# Cadê meu carregador?!

Vinte e três por cento de bateria no celular, e não encontro o carregador.
– Ué! Deveria estar aqui.
Estranho!
– Posso ter deixado na tomada do quarto.
Estranho!
– Ah, então deve estar na cozinha.
Estranho!
– No banheiro, será!? Que é isso?!
Assusta-me a impressão de que posso ter cometido algo exótico ao meu próprio cotidiano.
– Sumiu. E só tenho um.
Já no canto preferido do sofá, pego o telefone nas mãos. Ele e eu sabemos que nossa relação está para acabar. Um ar morno e leve entra pelas minhas narinas, percorre-me por dentro, amplia meu peito beeeem devagar, e sai com suspiro leve de despedida.
– Ele descansou.
Eu também irei.
Decreto que, depois desse, não terei mais nenhum outro.
– Chega! Já sofri demais.
Nem celular, nem carregador, assim viverei o resto de meus dias.
– Mas como as pessoas farão para te encontrar? – A voz da razão me questiona.
– Fácil! Podem me enviar *e-mails* ou bater à porta da minha casa.
– Pirou? Tu acha que elas vão te mandar *e-mails* para te dar *oi*, bom-dia, mandar *cards* de mensagens bonitas, figurinhas divertidas, essas coisas? Bater à tua porta? Pensa! Todo mundo tem seus corres. Como imaginas os grupos de pais das escolas de teus filhos, tudo por *e-mail*? Pensa, pensa, pensa! – Acantona-me a voz.

— Sei que tu quer assegurar meu bom andamento na vida, mas isso significa ter de fazer como todo mundo e, sabe, não faço. Por sinal, que tom grosseiro esse teu, *hein*?! Pode parar! — Limito-a. Eu me sinto preparada para esse fim.

— Vi o telefone fixo chegar, por que não posso ver o telefone portátil partir?

Meus pais inscreveram-se numa lista e pagaram um preço consistente para obter linha telefônica. Esperamos não sei quantos anos para que chegasse. Quando ela veio, festa no bairro! Aquela linha funcionava como se fosse um orelhão dentro de casa. O aparelho ficava na sala, no centro da tampa de um balcão no qual eram guardadas as louças especiais que usávamos no Natal; e quase nunca mais.

Às vezes o telefone tocava, mas era para o vizinho.

Eu informava que o chamaria, e desligávamos.

Caminhava pela rua, chegava à casa do destinatário e avisava que havia ligação para ele.

Voltávamos juntos, nos sentávamos no sofá, aguardávamos a nova chamada.

Tocava de novo, e eu atendia, confirmava que ele estava aguardando, entregava o telefone e saía da sala; era preciso oferecer privacidade.

Tudo era lento e ritmado. Havia um circuito no qual cada coisa acontecia na sua vez e no seu tempo.

Mas, inventaram a pressa e, com ela, o aparelho celular.

Por ele, a gente fala com a família, os filhos, os amigos, os colegas de trabalho, as lojas, os robôs, os bancos, e também ouve música, assiste a vídeos, tira fotos, lê *e-mails*, consulta as horas, desperta pela manhã, anota na agenda. Tudo disponível e pronto para usar.

Agora!

— Tá entendendo? É prático. A tecnologia faz avançar as coisas. — Vem ela de novo, querendo me educar.

— Peraí. Dois mil e vinte e dois, terceiro ano de pandemia, guerra deflagrada, muito ódio entre as pessoas, e quer me dizer que avançamos? Se é para essa direção que estamos indo, prefiro não ter mesmo celular, obrigada. – Defendo-me.

– Nossa! Não dá mesmo para conversar contigo, *hein*, tu confunde as coisas, desisto. – Cancela-me.

Escolho dar uma saída; afinal, circular por aí ajuda a arejar as ideias e a tomar decisões.

– Ai! Como assim? Não acredito! Achei!

Está na bolsa.

# Partes de mim

Sou eu mesma! Com muito prazer. Obrigada. Repito isso sempre, virou minha segunda identidade. – Lá vem a avozinha! Chegou! Começou! – Tcha, tchum, tchin, tchin... – Minha avó era assim: botava tudo em ordem rapidinho, direcionava tudo.

Tenho a fama dela; e me orgulho.

Ela se casou aos quinze anos com um vizinho muito bem de vida. Foi tudo de repente. Organizaram um jantar, avisaram que tinha de tomar banho e se arrumar, e ali ela foi prometida. Já casou sem gostar.

Meu avô era loiro de olhos azuis, muito bonito, mas minha avó gostava de rapazinhos morenos, de cabelos castanho-escuros, e ele não fazia seu estilo. Tiveram três meninos, o primeiro seis meses depois do casamento, um atrás do outro, com diferença de um ano.

Ela era uma linda mulher, e ele, ciumento à revelia. Quebrava tudo dentro de casa. No outro dia, como tinha condições, montava casa nova. Até que ela resolveu fugir.

Meu pai, o mais velho, quis procurar o avô anos depois. Descobriu que ele constituíra nova família, com mais dois filhos, e morrera cedo. Mas sempre procurara pela minha avó, dizendo que a mataria, pois ela não seria de mais ninguém. Sua nova mulher rezava para que ele nunca encontrasse minha avó, não por ciúme, mas porque temia por sua vida. Meu pai contou quase todas essas notícias para a minha avó.

Depois de fugir, ela foi morar no centro de Porto Alegre. Passou a trabalhar como manicure. Bonita e jovem, conheceu muitas pessoas, homens e mulheres que a ajudaram muito. E conheceu meu avô, o postiço. Não tiveram filhos juntos, por escolha dela; não queria fazer diferenças.

O novo avô era uma pessoa culta e inteligente. Cinco anos mais jovem do que minha avó, diferença descoberta por ela apenas na oficialização da relação, já no cartório. Ela não desconfiou, pois ele já era meio grisalho. Quase morreu, pois naquela época isso era uma vergonha. Mas ela já estava apaixonada, então ficou com ele.

— Fulano se casou com uma vagabunda. Tem três filhos e fugiu do marido. É uma *china*! — Era o que minha mãe, mesmo antes de conhecer meu pai, ouvira sobre ela.

— Meu Deus! Essa é a *china* com três filhos que elas falavam?! Mas é uma senhora superdecente. — Concluiu minha mãe quando disse o sim ao meu pai.

Meu avô não era muito bem de vida naquela época. Mas minha avó juntou dinheiro ao longo de nove anos, por medo de não conseguir manter os filhos. Fez uma reserva e, logo que se conheceram, deu a ele.

Ficaram ricos.

— Tudo isso foi possível porque a reservinha dela ajudou. — Ele sempre reconhecia.

— Estudem, não deixem de estudar, não vão se empregar de esposa! — Ela influenciava as netas, pois era uma geração bem machista.

— Foi corajosíssima! — Como posso não me orgulhar de ser comparada a ela?

Mas meu avô também deixou seu legado em mim: escolheu meu nome; e isso foi só o começo.

Nos finais de semana, íamos para a chácara. Eu ia e voltava com eles, sempre em alguma daquelas banheiras horrorosas, usada, que meu avô comprava dos EUA. Ele só dirigia carro automático.

— Como é que se chega na chácara? — Ele me instigava.

— Entra aqui, sai ali... — Eu guiava.

— Só consegui chegar porque ela me disse. — Ele divulgava.

Ele me dava esse tipo de estímulo. E me pedia essa ajuda de novo, e de novo, para outros trajetos. Eu o ajudava; e sempre dava certo.

— Se ela não tivesse vindo, nós não teríamos chegado tão cedo! — Ele reverberava.

Não bastasse isso, nos almoços de domingo, entre comidas italianas e árabes, começava:

– Quanto é três vezes quatro?
Aí meus primos não sabiam...
– Ah! Mas vocês não sabem a tabuada?!
E aí aquele almoço começou a ser desgastante para mim.
– Ele vai me perguntar, e eu não sei! – Eu me inquietava.
Então pedi para minha mãe um livrinho de tabuada; decorei.
– Quanto é quatro vezes quatro? – Veio a pergunta mais esperada.
– Dezesseis! – Disparei.
– O quê?! Essa menina, que nem entrou na primeira série, já sabe, e vocês ainda não? Vou dar um dinheirinho para ela... – Recompensou-me.
Aí meus primos decoraram a tabuada todinha.
– Ah! Vocês decoraram a tabuada porque ela ganhou dinheiro? Pois agora ninguém mais vai ganhar, nem ela nem vocês. – Ele captou... nunca ficava fácil.
Quando ingressei na faculdade, ele já havia morrido. Tinha de estudar muito, era densa, muitas matérias, diagnósticos.
Um dia o professor me chamou para comentar sobre uma prova.
– Olha, essa tua resposta aqui é bem complexa... até hoje ninguém respondeu com essa capacidade.
Era sobre Freud, claro.
– Registro tudo no caderno e, para estudar, folheio e gravo a folha do caderno. – Expliquei meu procedimento.
– Menina! Tu tens memória fotográfica. Isso deve ter começado muito cedo na tua vida. Tu nunca te deu conta?
– Não! – Ao menos até aquela hora.
Comecei a pensar. Quando leio algo, sei onde li. Na minha organização de vida há muito disso; lembro-me dos lugares, dos objetos, se estão assim ou assado. Gravo detalhes que são pontos de referência. Sigo uma trajetória, não a esqueço. Além disso, detecto pelo olhar se alguma coisa está boa ou não. Finalmente me dei conta: o estimulador de minha memória fotográfica foi o meu avô.

– Olha, tu me ajudou a descobrir uma capacidade que eu não sabia que tinha! – Fiquei com dó de não ter a chance de dizer isso a ele.
Pude viver muitos momentos marcantes com eles. Não esqueço de quando guiava minha avó para fazer suas compras, ou do dia em que prendi o dedo na porta do carro, sem contar na maneira como escolheram deixar e me instruir sobre minha herança. Fui valorizada.
Se eu sou meio corajosa, meio desafiadora e resolvo tudo rapidinho, sendo prática, devo muito a essas duas pessoas. Às vezes dá muito certo, às vezes dá mais ou menos; não é uma fórmula infalível.
Mas o fato é que algumas pessoas têm grande influência na vida da gente. Podem manifestar seu afeto e detectar habilidades e características muito antes da gente mesmo. E ensinam, pela sua história de vida, sobre o valor que deve ser dado para a própria vida.
Partiram, mas carrego comigo suas presenças.
São partes de mim.

# Minha vez de olhar

Como pai e mãe, quando a gente está criando os filhos, é aquela corrida. Por mais amor que se tenha por um filho, o pique pela subsistência, ou mesmo sobrevivência, impera.

E aí acontece muita coisa que a gente nem vê. Tenho uma memória de elefante. Acesso cenas muito antigas. É bem curioso, porque, embora não seja uma coisa que a gente comente, minha família já me confirmou essas visões várias vezes.

No dia do meu parto, logo que nasci me colocaram numa mesa de inox, meio gelada, enquanto eu via minha mãe recebendo toda a atenção, pois sofrera grave hemorragia. Lembro de ter olhado para ela ressentida:

– Puxa! Ela nem me olhou...
Parir não deve ter sido fácil para ela.

Já mais crescida, quando completei um ano e nove meses, guardo a imagem de vê-la saindo de casa com meu pai para irem ao hospital, pois nasceria minha irmã mais nova.

Partiram. E só voltaram a minha irmã e o meu pai. A mãe só conseguiu voltar após seis meses de internação. Foi uma coisa bem difícil por conta de uma série de complicações em virtude das dores do parto que se misturaram às de cálculo na vesícula.

– Tu fica com a vó, a tua irmãzinha com a outra vó, e visitarei vocês; mas dormirei contigo todas as noites. – Foi o plano do meu pai.

Aí eu fiquei com minha avó paterna, perto da minha casa, pois morávamos nos fundos da casa dela. E meu pai virou uma piorra.

– Trabalha, come, visita a mãe, dorme em casa comigo, visita a pequenininha... Coitado do velho! – Eu pensava.

Muitas vezes o via chorar no canto da mesa, e eu ia lhe fazer um carinho. A mãe fazia uma falta danada para nós.

Minha avó tomou conta de mim. Era eu com ela, ela comigo... nos tornamos parceiras. Ficava sempre na barra da saia dela, sentia seu cheiro de sol. Cresci com ela.

Pela visível intensidade dessa relação, as primas e todo mundo da família diziam que eu era a neta preferida.

– A vó não gosta de muita ferveção e eu não sou muito fervedeira. – Era nisso que eu acreditava.

Já mais *velha*, quando cheguei aos três anos de idade, três e pouco, as duas passamos a mostrar parte do nosso elo nos almoços de domingo. Mas tudo começava na quinta.

Acontece que meu avô era o único homem de uma italianada. Nem sei quantas irmãs ele tinha, mas era um bando. E todas as quintas elas iam lá para a casa da vó e faziam massa, e riam, e faziam doce, e riam... Eram os preparativos para o sagrado almoço de domingo, no qual se reunia a gentarada toda.

– Vem! – Minha vó me chamava.

E eu já sabia que era a hora dos papelotes. Pegavam o papel de pão, cortavam, e me botavam aquele troço no cabelo. Eu ficava com aquilo sexta, sábado e parte do domingo.

– Vou ter de zanzar por tudo que é lugar assim, papelotada! – E zanzava.

Ainda durante essas amarrações, minha avó vinha com versinhos para eu decorar. E eu decorava, fosse o que fosse.

Passado o almoço acalorado, no qual todos comiam, e riam, e repetiam, e riam, ela me enfeitava toda: soltava os papelotes, colocava pó de arroz, vestidinho, sapatinho, meinha... eu estava pronta.

Quando eles me viam chegar daquele jeito, de pronto empurravam os pratos, a toalha, deslocavam tudo que estava em cima da mesa, e meu palco aparecia.

Eu, em cima da mesa, declamava. Às vezes errava algumas palavras, mas minha vó estava sempre ali, no ponto, e me dava um toquezinho. Afinal, eu era a obra dela.

Todos ficavam quietos, sérios, escutavam... e não ficavam me debochando.

— EEEEEEEEEEE! — Gritavam ao final, em meio a muitos aplausos.
— Bis, bis... — Pediam.
Virava uma festa. Eu me mostrava; e era vista.
Mais e mais *velha*, lá pelos cinco, eu já ia para a praia com ela durante o verão, o que só aumentava o número de acusações de ser a sua queridinha, pois só eu que ia.
— Isso é porque eu não incomodo, com certeza. — Era no que eu seguia acreditando.
E foi num desses veraneios que, por fim, saí das asas da vó. Tudo porque, defronte à casa, bem no campo de futebol no qual a gurizada jogava bola, uma família de patos resolveu circular.
— Eu sempre quis pegar um pato. — Era o sonho que se revelava para mim.
Então eu atravessava aquela rua e corria atrás dos patos. Todos os dias, dias e dias a fio. Até se dar a ocasião em que os patos entraram no pátio da casa, e eu embretei a pata mãe.
— Fui... fui... fui... — Consegui!
— Peeeegueeeei o paaatooooo! — A vitória narrou dentro de mim.
Aí, correndo, entrei segurando aquele pato pesado, e fui mostrar para a vó.
— Tu conseguiu, *hein*! — Alegrou-se.
E eu fiquei ali diante dela, triunfante, com o pato.
— Tu já conseguiu. Agora tu vai lá e devolve o pato. — Aconselhou.
Simples! Fui lá, bem feliz, e devolvi o pato para a sua família.
— O que eu ia fazer com o pato? — Entendi na hora.
Ele me serviu para experimentar o sentimento de realização do meu sonho, e foi ela que me mostrou isso.
— Então ela me via! — Eu me surpreendi.
Via, e também me olhava.
Claro que senti falta do olhar da minha mãe naquele primeiro dia. Mas me deixei ver por outros olhos, sempre observada pela minha vó.

Seria bom se os pais olhassem para os filhos como avós amorosos olham para os netos, talvez fosse essa a solução. Mas, às vezes, para nossos pais, dar e manter a vida se torna maior.

Como mãe, é possível que eu também tenha deixado de ver muitas coisas.

Quando fui parida como vó pela minha primeira neta, lembro de ter sentido uma explosão de amor ao vê-la, que deixou meu coração muito grande de felicidade; foi algo bem estranho.

– Ah! Então era isso que minha vó devia sentir por mim. – Compreendi tudo.

Agora, meu novo e talvez único sonho é que meus netos se lembrem de mim assim como eu me lembro dela.

Chegou a minha vez de olhar.

# Palavra imortal

Não sei se começo de trás para frente ou vice-versa... Na dúvida, vou pelo meio.
Tudo aconteceu em fevereiro de dois mil e dez, três e quarenta da madrugada, mais ou menos. Eu estava dormindo. De repente o prédio começou a ir e vir, como se eu estivesse num barco. Acordei. Escutei barulhos. O balanço se intensificava.
– O que está acontecendo? – Eu não entendia.
E as coisas começaram a cair.
Levantei. Meus passos agarravam-se em pequenas frestas de equilíbrio. Tentei ligar a luz, nada. Fui até a janela, abri a cortina...
– Terremoto! Terremoto! Vamos morrer!
– Aiiiii!
Não tinha experiência com terremotos. Nasci num país onde a terra colore os olhos, mas não treme as pernas, e aqui, na minha nova morada, isso acontece; esse foi o meu primeiro.
Aquela cena acionou em mim uma espécie de paralisia ativa. Primeiro, dei anestesia geral no medo.
– O que devo fazer agora? – Prossegui.
– Pega o teu filho e desce, o edifício pode cair. – Foi a resposta que me dei.
Troquei de roupa, não sei como, e coloquei um chinelo para evitar de pisar em cacos de objetos quebrados no chão. Acordei meu filho, calcei um tênis em seus pés e envolvi seu corpo numa manta.
– Vem, vamos descer, filho.
Chegamos na porta do apartamento.
– E agora? Não tenho lanterna... – Precisava de instruções para o próximo passo.
Foi quando vi um dos vizinhos saindo, com lanterna, e me juntei a ele.

Luz, água, elevador... nada mais. Só escada de emergência e pessoas gritando.

— Estou começando a ficar com medo... — Ouvi a voz do meu filho.

— Não precisa ter medo... Eu estou aqui contigo. — Saltou de mim.

Eu já ouvira essa frase em tempos remotos.

Devia ter seis anos, por aí, e estava com minha mãe e minha irmã, três anos mais velha.

Fizemos um passeio até a casa da minha avó, que morava bem no interior, numa casinha cercada de natureza. Saíamos da cidade; então essa visita era uma pequena viagem, de uns trinta quilômetros, mais ou menos, e a maior parte se dava por estrada de asfalto. O trecho final era de terra batida, plantações, mato, mato, mato, uma casinha, plantações, mato, mato, mato. Era bonito. Dava para sentir o cheiro forte e fresco do verde intenso. Parecia que ele nos purificava das poluições da vida urbana e abria um portal para um tempo sem tempo, um espaço sem cimento.

Era sempre maravilhoso estar na casa de minha avó. Tudo festivo, uma junção de italianada. Muita gente, muitas tias, muita comida servida sem parar, e todo mundo falando ao mesmo tempo... um caos organizado.

Naquele dia, mesmo sem desejar, chegou a noite e, com ela, a hora de ir embora.

Saímos da casa e entramos no túnel pelo meio do mato. Minha mãe na frente, dirigindo a Belina vermelha... ou o Corcel marrom, não lembro, e eu no banco de trás com minha irmã ao meu lado. Estava chovendo um horror, com trovão e tudo.

De repente o carro derrapou e se foi para a ribanceira...

— O que está acontecendo? — Eu não entendia.

— Vamos morrer, vamos morrer! — Berrava minha irmã.

E ficamos paradas no barranco, atracadas num montinho de terra. Não dava para ver nada, salvo quando algum relâmpago iluminava a cena, nem sempre a mais útil. Era horrível, embora não balançasse nada.

E eu estava ali, sem saber como reagir, enquanto minha irmã fazia escândalo.

De repente, minha mãe abriu a porta e se aproximou de mim, bem pertinho do rosto. Eu não conseguia vê-la, mas senti sua presença e ouvi sua voz.

– Não precisa ter medo.

Saiu, fechou a porta, deve ter ido ver como tiraria o carro.

Foi aí que senti essa hipnose, transe, pela primeira vez. Desliguei o medo.

Aquela frase me deu a certeza de que não ia acontecer nada, pois ela estava ali, e tudo ia ficar bem. Senti um calorzinho dentro do peito.

Tudo o que eu tinha de fazer era ficar quietinha, parada naquele banco, esperando que passasse.

Minha irmã seguia gritando... mas nem isso me apavorava.

Não sei como foi que tiraram o carro, se alguém ajudou, nada. A solução não foi de minha conta, não me meti nem atrapalhei. Tampouco sei como chegamos em casa. Ajudei confiando.

A mãe não deve ter se dado conta do tamanho da importância que aquela frase ganhou para mim. E quando estava naquele terremoto, eu fiz igual com meu filho. Mas não programei, ela também não deve ter programado.

Descemos os dezessete andares devagar, parando quando o prédio balançava forte. Um roteiro parecia me orientar. Outras pessoas seguiam sob qualquer força de embalo, berrando... Nós, não.

Caminhar num prédio que balança deve ser mais fácil sozinha, porque, ter de segurar meu filho, as paredes e o corrimão, tudo ao mesmo tempo, exigiu-me forças que nem desconfiava ter.

O prédio não caiu.

Ficamos na zona de segurança por um bom tempo, porque terremoto vai e volta. Enquanto isso, meu filho dormia, tranquilo, num carro, com outras crianças.

– ¿*No tiene miedo de terremoto?*

– Achavam curiosa a minha calma.

– *No.* – Era a minha verdade.

Não mesmo. Na hora mais impactante, vi com clareza o que estava acontecendo e fiz minha parte, mesmo sem poder controlar o resultado.

Mas depois... quando tive certeza de que estávamos seguros, e de ter feito a coisa certa... daí me deu uma coisa. Eu tremi inteira, chorei. O medo descongelou; inofensivo.

Sempre me disseram que eu era corajosa. Lembro das noites de temporais em que minha irmã implorava para dormir comigo, morrendo de medo...

Não sei se sou corajosa, com superpoder inabalável dentro de mim. Porque a coragem é feita de confiança. E sei que tenho medo de muitas coisas.

Mas compreendi que escolho quem deve assumir a linha de frente: o medo ou a confiança. Palavras me ensinaram a preferir a segunda opção.

Heranças.

# Conta Comigo

Para ir em frente, às vezes temos de voltar e rever nossa base.
Aprendi na infância meus valores essenciais. Não foi tudo de uma vez, nem em um único lugar, e precisei de muitas pessoas.
Em casa, com meu pai, forjou-se a pedra fundamental.
Ele perdeu a visão num acidente de carro quando completei cinco anos. Mas tocou a vida. Filho mais velho de três, eu sabia que ele precisava contar comigo.
Ele trabalhava a semana toda, eu estudava, e nos desencontrávamos muito. Porém, havia o sábado, o dia em que ele ia a pé ao supermercado, a duas quadras de casa. Eu ia com ele.
Fazíamos uma dupla: eu o conduzia, e ele conduzia. Era o dia.
– Olá! – Alguém o cumprimentava durante o trajeto.
– Olá, fulano! Como está? Como vai a fulana? – Ele respondia.
– Meu pai é mágico! Ele sabe quem são as pessoas. – Eu me encantava.
No início, eu ficava só admirando, mas um dia perguntei:
– Como sabe quem são as pessoas?
– Olha, a fulana... Ela usa um salto que faz barulho quando está vindo, um perfume de rosas de que eu gosto muito, pois lembra muito o meu, de alfazema... Ela sempre passa por aqui nesse horário para levar a filha ao *ballet*...
– Então ele junta várias informações e olha para as pessoas de olhos fechados! – Eu concluía por mim mesmo.
Ele descrevia as coisas para mim e, quando não sabia de algo, era minha vez de descrever. E eu usava a minha forma de ver as coisas; então ele também precisava se conectar comigo.
– Não passa que tá vindo carro! Olha para cá! Não olha para lá! Não passa disso... – Era ele que me dizia, sempre com a mão pousada sobre meu ombro.
Eu tinha necessidade de contar com ele, porque não sabia o que fazer. E ele precisava que eu fosse seu guia. Eu não via nele alguém

cego, porque ele reconhecia suas limitações, mas não se limitava a elas.

No supermercado, ele me dizia quais coisas eu devia pegar. Se eu pedisse um chocolate, e ele autorizasse, eu tinha de escolher sozinho, porque ele não via qual era...

– Essa criança tá levando o que tem de levar? – Era o clima que pairava quando chegávamos ao caixa.

Então ele precisava adotar uma postura de que era aquilo ali mesmo; tínhamos de contar um com o outro.

Na hora de pagar, ele abria o bolso e pagava.

– Olha só, pai, essa não é de 10... – Era o máximo de intervenção que eu podia fazer; eu não pegava o dinheiro da mão dele; nossas posições eram muito claras.

Ele nunca jogou futebol comigo, mas tínhamos esse sábado.

– A fraqueza não é uma entrada para eu te usar, mas um convite para que eu possa estar contigo. – Foi o concreto que esse nosso sábado cimentou em mim.

Aprendi sobre conexão, confiança, cooperação, limites, honestidade e sobre a magia de olhar sem ver. Eu precisava ver a alma das pessoas, depois o corpo, e isso me ajudou a compreender como deveria olhar para as mulheres.

Eu me saía bem graças a essas sabatinas. Conhecia mais da vida. Mas isso não me impediu de tentar arruinar toda obra, pois, já aos sete, ou oito, eu me meti a ladrão.

Ao lado da nossa casa havia um supermercado, e eu subia pelo muro de trás, entrava no depósito e pegava Coca-Colas. Era um roubo extremamente dramático. Tinha a entrada um, a entrada dois, a entrada três, a maneira de subir, de sair, o horário, tipo de roupa, tênis, o plano para driblar o vigia; eu era um Indiana Jones naquilo. Custava uma tarde para pegar uma Coca-Cola.

– O que é esse monte de Coca-Cola aqui? – Nããão! Minha mãe me desvendou!

Seis garrafas de Coca-Cola na porta da geladeira, e ninguém tomava esse refrigerante lá em casa...

Daí a mãe descobre, espera o pai chegar, e eu encarcerado, esperando o executor com o produto do roubo na mão.

– Vão me mandar devolver! Vou me confrontar com quem eu fiz mal, que é meu amigo? E amigo do meu pai?! Não era isso que eu queria! – A verdade me corroía por dentro; a aventura virou uma tragédia para mim.

Caminhamos meia quadra, pai, mãe, eu e a sacola com as Coca-Colas. Meu pai e eu entramos na sala de vidro, localizada nos fundos da loja, onde o dono ficava. Ele apertava meu braço; sabia que, se não o fizesse, eu fugiria. Foi o pior momento da minha vida. Minha mãe ficou do lado de fora.

– Olha, ele está subindo pela parte de trás de casa e roubando tuas Coca-Colas... Não sei se roubou mais coisa... – Meu pai iniciou a conversa.

– Foi mesmo? – A conversa pareceu engrenar.

E eu ali, vergonha pura.

– Roubei! Entreguei! Deu! – Era o que minha culpa queria soltar pela boca aos gritos, para encerrar tudo de uma vez.

– Vem comigo aqui. – O dono me chamou.

– O quê? Vão prolongar isso? – Minha culpa se desesperou.

– O senhor pode vir junto. – Ele autorizou a presença de um familiar.

– Bom! Um vai tirar a cabeça e o outro os pés! – A punição concluiu rapidamente para mim.

– Senta aí! – Ordenou. – Guri, quero te contar uma coisa. Faz horas que estão me roubando muitas coisas aqui...

– Meu Deus! E ainda vou ser acusado pelo que não roubei? – Cheguei ao pico do desespero.

– ... E eu preciso de alguém que cuide para mim. Quero te contratar, porque tenho quase certeza que eles vêm pelo lado da tua casa... Tu vai ganhar um *Estância Velha* a cada quinze dias para esse trabalho.

– Quê?! Vou ganhar um emprego e meu chocolate preferido por ter feito a coisa errada? Então posso continuar subindo o muro!? Era

isso o que eu queria! – Mas agora o meu objetivo era o de cuidar e não de roubar. – A salvação iluminou-me por dentro.
Ele não deixou de ser meu amigo pelo meu erro. Viu em mim uma criança, e não um criminoso, e fez algo que era bom para ele e para mim.
– Então não se pode pensar que só existe o lado ruim nas pessoas. – Mais uma conclusão, e um alicerce forjava-se dentro de mim.
Eu me sentia forte e poderoso. Mas mesmo assim a minha força parecia ficar exposta a terremotos quando ia à escola.
Isso porque eu tinha de enfrentar todos os dias a sequela que o acidente do meu pai deixou em mim. Como aconteceu durante meu período de alfabetização, acabei não desenvolvendo a habilidade de escrever. Apenas na faculdade descobri o nome disso: dislexia traumática.
Fui levando... primeira, segunda, terceira séries... Mas, da quarta para a quinta, a professora, que era a mesma da oitava, resolveu me rodar.
– Não vou passá-lo! Não sabe escrever! Não tem caderno! – Decretou para meus pais.
Ela era uma professora muito respeitada. Então meus pais resolveram que eu trocaria de escola: do colégio de freiras para o dos padres.
– Vamos ver o que a gente pode fazer. – O padre me recebeu.
Já no meu primeiro dia, morreu Tancredo Neves, e não teve aula. Era um sinal. De fato, meu coração era do colégio das freiras, lá eu era feliz. Tinha horta, coral, teatro, enquanto no dos padres, apenas um monte de brucutus, um campo de futebol gigante e aula de gaita; era zero. – Preciso mostrar ao mundo que não quero estar aqui! – Determinei.
– *Tchum, tchum*, marcha, marcha! – Seguia convicto na primeira fila do desfile de Sete de Setembro.
Eu estava pronto.
Quando chegamos em frente ao palanque onde estava o prefeito, virei para eles, levantei a camiseta do colégio dos padres e exibi, de peito aberto, a que estava por baixo: a do colégio das freiras. Não podia desistir daquilo que me fazia bem.

Foi um escândalo na cidade.

Mas meus pais compreenderam, e me autorizaram a voltar para as freiras.

– Ele é uma pessoa muito inteligente, mas não posso largar alguém para o segundo grau desse jeito. Não vou formá-lo, saindo da minha mão, sem que saiba escrever. Se não aprender até a oitava, vai rodar, e pode trocar de colégio... – Assim entramos todos num acordo.

– Quem é que vaaai, quem é que vaaaai, quem é que vai nessa barca de Jesus? Quem é que vaaaai... – Voltei para o coral! Voltei para as novenas! Para tudo!

Dezembro, final do oitavo ano, todos os melhores alunos já passados. E eu... bem... ela já havia definido pela reprovação. Mas haveria o evento de aniversário da cidade no qual faríamos um jogral nas escadarias da prefeitura, e minha professora era famosa em jograis.

Fomos. Trinta e dois estudantes numa fila ascendente, cada um ocupando um degrau da escadaria. Quem deu o jogral? Eu, lá da ponta de cima, e uma colega, lá da ponta de baixo, pois os outros não o haviam decorado... Por sorte, salvamos o jogral.

Não abandonei a professora naquela hora, pois nunca achei que ela estava errada em não me passar de ano. E eu sabia fazer o jogral; não era trabalhoso. Tudo era fácil, ainda que não conseguisse escrever. Eu sabia que tinha essa limitação, mas não me deixava limitar por ela.

– Não tenho como rodá-lo. Tenho vários ótimos alunos aqui, mas nenhum conseguiu me retribuir isso. Ele, que eu tinha desgarrado totalmente, foi quem se responsabilizou junto comigo. – Foi seu novo discurso; enfim, eu passei.

– Não é o que ele escreve que fará dele um bom aluno; é seu caráter. – E minha fundação parecia estar pronta.

Não mudo sequer um minuto vivido para construir minha base, embora tenha me exigido suor. Aprendi muitos valores, os quais reconheço com mais ou menos clareza.

Mas a pedra fundamental, aquela que recarrega meu olhar e me estimula a tocar a vida de hoje, é a de que foi possível, e sempre será, contar comigo.

# Juntos, sempre ganhamos

É complicado ter irmãos na infância.
Sou a mais velha, e isso me deu enormes vantagens. Ele, o do meio, dois anos e pouco mais novo, tentava chegar perto do meu posto, sem sucesso. A caçula, caçulinha, como se afastava oito anos da minha idade, não era minha irmã; era a boneca que chora, ri, faz xixi.
O bicho pegava mesmo entre mim e ele; tínhamos as nossas questões. Todas as tardes, quando usufruíamos do desprazer de ficar em casa juntos, vigiados pela senhora que trabalhava para nossos pais, a gente se atracava.
Eu cresci muito, e rápido; então, fisicamente, eu o dominava. E me prevalecia. Esticava o braço, com a mão direita, segurava sua testa, e, de cima e de longe, via-o se debatendo como se estivesse disputando primeiro lugar numa prova de natação.
– Ha-ha-ha! – Cantava minha vilania.
– O-lho cas-ta-nhoo! – Contragolpeava rasteiro.
– Olha que vou levar vocês para a Febem! – Ameaçava ela.
Como a gente não sabia o que era isso, nada surtia contra o nosso escarcéu.
As disputas eram ferrenhas. Escancarávamos os defeitos mais desqualificantes um do outro. Ele, com seus olhos azuis, sempre se sentia em vantagem. Mas eu, com meus cabelos lisos, tentava uma compensação.
As comparações se complicavam mesmo na escola. Ele era lindo, chamava atenção de todo mundo. Parecia mais uma obra de arte do que meu irmão. Não que eu fosse feia, mas, perto dele, passava batida.
Eu era a inteligente. Poderia ter sido uma *nerd*, mas não; também era popular e querida. E ele... só lindo.
Isso parecia pressioná-lo. Porque na escola, afinal de contas, não se espera a beleza, e sim a performance. Os professores colocavam

essa expectativa sobre ele, que, em comparação a mim, não correspondia. Aí eu ganhava.

O fato de não conseguir ser como eu parecia alimentar nele certa raiva. E ela fazia diferença em nossas brigas.

Eu o atiçava pelo meu físico, mas sabia que minha dominância sofreria uma reviravolta assim que as turbinas dessa raiva estivessem ao ponto de decolagem para cima de mim. Minha força física sempre perdia.

Segurei a cabeça dele até sua raiva eclodir, e saí em disparada para o banheiro.

– *Pow!* – Bati a porta.

– *Pow!* – Ele se jogou contra ela.

Ficou difícil para mim. Ele se lançou antes mesmo de eu conseguir trancar a chave, o que me levou a experimentar habilidades contraditórias até então: tinha de segurar a porta enquanto girava a chave para trancar a fechadura. Aguentei firme.

– *Pow!*

– *Pow!*

Eu sentia a onda de vibração da madeira cada vez que ele se jogava, se afastava, e repetia.

Consegui controlar a minha parte, até o momento em que a porta cedeu sobre as minhas mãos, com marco e tudo.

– Iiiiiih! – Paralisamos.

– Deu ruim! – Avaliamos.

– O que tá acontecendo aqui? – Veio ela... a nossa mãe!

– Não sei, mãe, a gente foi abrir a porta e ela... caiu! – Nós nos aliamos.

Talvez ela tenha corrido atrás de nós em volta da mesa com o chinelo na mão, mas não sei mais qual foi nosso castigo. Porque, de tudo, eu guardei apenas o instante encantado do estalar da nossa cumplicidade.

Foi essa porta que despertou isso na gente? Não! Teve outra!

Eu tinha uns seis anos quando voltávamos da escola, eu e ele, sentados no banco inteiriço da Kombi, acompanhados por uma passageira não regular, a babá de outra criança. O motorista, sabendo que levava outro adulto além dele, afastou-se da tarefa de ter de parar, descer, abrir e fechar a porta da Kombi para as crianças, pois ela a assumiu. Quando chegou a vez dela, não foi diferente: abriu, desceu com a criança, fechou, e se foi.

A gente ganhou mais espaço. E eu me esbaldei até conseguir me escorar na porta, que se abriu.

– *Plaft*! – Caí da Kombi.

Por sorte, ela ainda não tinha arrancado. Por azar, ela arrancou.

Eu fiquei ali, estatelada no chão, e me apavorei.

– Pensa rápido! – Ordenei-me.

Calculei que a Kombi teria de parar na próxima esquina para poder dobrar à direita, com segurança, na avenida movimentada.

– Vai agoraaaa! – Reordenei-me.

Levantei e saí correndo atrás da Kombi. Assim que ela parou, subi rapidamente, fechei a porta, sentei-me e me pus frente a frente com meu irmão. Atônitos, olhamos um para o outro. Fomos assim, congelados, até chegar em casa. O motorista, que nem reparou, facilitou o nosso silêncio.

Mas bastou eu ver a minha mãe para me desmanchar em lágrimas.

– Ué! Tava quieta! Por que esse choro agora? – Estranhou.

– O quê?! Bem capaz que tu caiu da Kombi! – Duvidou.

– Caiu! Caiu mesmo! Eu vi! – Testemunhou meu irmão.

– Mas como é que tu, desse tamanho, cairia da Kombi, sairia correndo atrás dela, subiria de volta e fecharia a porta, tudo isso sem o motorista ver?! – Arremessou de volta para mim.

Ela não acreditou.

Eu olhei para ele; ele olhou para mim.

Até hoje tentamos convencê-la. Ninguém da família acredita. Mas ele sabe que me viu cair, e eu, além de ter caído mesmo, sei que ele viu.

Por forças do destino, seguimos abrindo muitas portas. E, às vezes, um ou outro cai da Kombi.

Sabemos perder juntos; então sempre ganhamos.

# Negra de alma e coração

A infância não morre na nossa vida. Não é uma planta que murcha, seca, passa seu ciclo; ela continua. E as experiências voltam, e vêm muito inteiras.

Eu me senti mortalmente ofendida por ter sido chamada de racista. Nunca fui, desde os cinco anos.

Era hora do almoço, e estávamos em quatro numa mesa para oito.

Reparei naquele espaço e, de repente, cruzei os braços, baixei a cabeça e embrabeci.

– Almoça! Tu tens de ir para a escola! – Alertaram-me para a responsabilidade.

– Não quero! Vou almoçar depois! – Grunhi.

– O que houve? – Deram-me espaço. Comecei a chorar.

– Tem uma coisa errada acontecendo nesta casa. – Diagnostiquei.

– Olhem o tamanho da mesa! Por que ela tem de ficar esperando na cozinha, todo mundo almoçar, para depois se servir comida fria? – Soltei.

– Ela não precisa comer comida fria! – Segui, aos prantos.

– E o papai demora muito para comer. – Concluí.

Meu pai tinha hábitos burgueses: almoçava, comia sobremesa, tomava o cafezinho, e depois o licor. Então, na minha cabeça, era uma demora sem fim para ela poder almoçar.

– Pois é, minha filha, estou pensando sobre isso. – E ele foi o único que conseguiu dizer algo diante do meu desespero. Ele tinha muita agudez para as sutilezas da vida.

Chamou-a.

– Tua presença está sendo solicitada à mesa. A partir de hoje tu vais almoçar com a gente. – Convocou-a.

– Minha negrinha! – Ela me abraçou por detrás da cadeira, e acabei ganhando esse apelido.

Ali despertou em mim a sensibilidade, ao que depois eu passei a saber mais.

Eu tinha vínculo forte com ela, que me deixou muitas marcas: sua alegria de viver, toda contundente, seu corpo, sua risada, gargalhadas, o colo amoroso... era muito afetiva comigo. Eu acho que ela foi a minha mãe.

Tínhamos um segredo. Para os meus pais, criança não podia tomar café fazia mal. Mas ela me permitia tomar todas as sobras de café do meu pai, todos os dias, e eu tomava ligeiro.

– Não está dando certo! – Queixei-me para ela quando comparei nossos braços.

– Como assim, Negrinha? – Ficou sem entender.

– Não estou escurecendo! – Eu acreditava que, tomando muito café, iria ficar igual a ela; era um barato ser negra.

– Minha Negrinha! – Divertiu-se.

Ela não aceitou sentar-se à mesa conosco naquele dia. Foi-se embora, alguns anos depois, para produzir doces com sua irmã. Mas aquilo que vivemos juntas seguiu comigo.

Quando eu já tinha em torno de dez anos, vi que meu pai e minha mãe acompanhavam, no rádio, *A Cabana do Pai Tomás*. E minha mãe chorava.

– Também quero escutar essa novela. Que história é essa que eu não posso escutar? – Reivindicava-me.

– Sai! Isso não é pra ti! Novela não é para crianças. – Direcionava minha mãe.

Saí magoada.

Meu pai também saiu, e levou-me para uma conversa.

– Por que novela não é para crianças? – Questionei.

Foi aí que recebi dele uma aula sobre a escravidão no Brasil. Ele era uma enciclopédia ambulante, um homem de palavras.

Fiquei encantada com todos os detalhes que ele revelava sobre a Princesa Isabel e tudo, e muito revoltada também: ele falava a verdade verdadeira.

– Então era essa a história vivida pelos avós dela! – Lembrei-me de minha mãe negra.

– Mas alguém tem que fazer alguma coisa! – Exaltei-me.
– Não, minha filha. Não existe mais escravidão agora. Existem outros tipos de escravidão... não a escravidão oficial... – E continuou.
– Mas, pai! A gente tem que fazer alguma coisa! – Insisti.
– Minha filha, tu podes estudar e, quando ficares maior, ser uma ativista antirracista. – Iluminou.
Eu estava no antigo ginásio, num colégio de freiras, e cheguei motivadíssima. Saltitava, falava com o corpo inteiro, voluptuosa, decidida.
Enquanto a professora dava a aula, reuni um grupo de colegas e comecei a contar tudo para elas.
– Podemos ser ativistas racistas! – Afinal, entendi também que seria mais uma opção de profissão, além daquela de ser professora.
– É mentira do pai da Negrinha. Não é verdade. E a gente tem de escolher uma só profissão. – Atropelavam-me, questionando tudo.
– Não, o papai me disse que podemos ser ativistas racistas! – Seguia convicta.
– Sabe o que é ser ativista racista? – Tentava argumentar mais.
– As alunas estão muito motivadas com esse assunto, por isso não vou dar aula. – A professora falou para a Irmã, que era nossa orientadora educacional, pois teve de chamá-la.
Ela era linda! Parecia uma garça caminhando pelo pátio, pelos corredores...
– As alunas todas para a sala redonda! Vamos conversar sobre isso que a Negrinha está pensando. – Convocou-nos.
– O pai da Negrinha não mentiu. – Começou.
E passou um carrossel de *slides* sobre Mandela, Debret...
Aquilo tudo foi muito importante para mim. Eu amava meu pai, e ele não era mentiroso.
– Querida! Teu pai não deve ter dito ativista racista, mas, sim, antirracista. – Esclareceu.
Puxa! Tinha me escapado o anti...
A confusão foi geral mesmo. Mas o fato é que fui legitimada, e por uma educadora.

– Sou bem assim! E acham ótimo! – Ocupei meu espaço. Muitas outras situações decorreram depois dessas. Mas foi ali que decidi mesmo ser ativista quando eu crescesse; abriria espaços. Busco abri-los de muitas formas. Porque vai chegar uma hora em que o Brasil vai mudar, e a gente precisa começar entre nós.

Entende agora a minha indignação?

– Mãezinha, não, somos todos nós, eu também sou... todos somos racistas, vivemos o racismo estrutural...

– Não sou! – Eu argumento com quem quer que seja.

Meu pai, a novela, Mandela, Debret, a Irmã e a História apenas vieram completar, com informações, o que já estava presente em mim, desde muito cedo, revelado pelo afeto: sou negra de alma e coração.

Essa é a minha estrutura.

# Quem ensina, aprende

Minha atuação como docente começou cedo. Os primeiros humanos a quem tive o desafio de ensinar apareceram na minha adolescência. Antes deles, eu passei muito conteúdo para bonecas, cães e gatos, que sempre prestavam atenção.

Toda manhã de domingo era igual. Acordar, ir à missa, fazer a maionese e esperar o churrasco ficar pronto ao som do *tam tam tam* do Ayrton Senna. Eu não gostava de ter de estar na igreja, pronta para orar, às oito horas do dia em que até Deus descansou. Era um sacrifício.

Lá, eu me acomodava no banco de madeira, duro para quem recém levantara da cama macia. Nos minutos que precediam a missa, eu reparava: quem está com quem, com que roupa, e se parece concentrado com o clima do ambiente. Tudo isso me escapava caso ouvisse alguma criança berrando.

— Mas cadê a mãe desse bebê? — Pensava, como se presença de mãe fosse vacina antichoro.

— Essa missa não vai dar certo hoje. — Agourava minha ausência de fé.

O padre sempre se virava. E logo minha atenção se voltava para o ritual. Eu sempre me descuidava na hora do sinal das três cruzes sobre si, da fronte, da boca e do peito: era uma das últimas a concluí-lo. O que me aferrava ao culto era uma meta pessoal: queria ter o direito de entrar na fila da hóstia, o privilégio dos grandes.

— Seeeguuuura na mão de Deeeeus, e vaaaai! — Cantou a música da minha vitória quando recebi o corpo de Cristo pela primeira vez.

— Ai! Grudou no céu da boca! — Desesperei-me com cautela.

A regra era clara: devia-se colocar a hóstia sobre a língua, voltar ao assento, ajoelhar-se durante seu derretimento, e depois voltar a sentar-se.

– Deu erro na minha! – Confessou meu azar.

Tudo se complicava porque era proibido mastigar a hóstia: ela era um portal, não uma comida. Tentei descobrir solução para meu embaraço observando o semblante dos demais fiéis. Todos transpareciam sucesso, nenhuma careta. Só comigo, Senhor!?

Pensei em deixar assim; resolveria em casa, mas a ponta da língua começou a me ajudar. Discreta, fez malabarismos até descolar a panqueca sem desfazer minha fachada de serena santidade. Conseguiu. E o pão da vida virou uma bolinha que saltou daquele céu direto para a garganta; engoli-lo foi todo o milagre.

Perdi o interesse depois de saciada?

Talvez tivesse perdido caso não recebesse o convite para ser catequista. Foi aí que minha carreira deslanchou.

Recebi um livrinho, uma sala e vinte crianças.

– Bom dia, gente! Tudo bem? Hoje vamos abrir o livrinho e ler a parte do nascimento de Jesus. – Anunciava o roteiro.

– Profe! Eu tenho um irmãozinho! – Associou uma das crianças.

– É mesmo? Quantos anos ele tem? – Dei corda.

– Um! Nasceu na semana passada! – Orgulhou-se.

Bastou para mudar meus planos. Falamos sobre família, irmãos, os dilemas dessas relações. No fim, achei que não tínhamos fugido muito do tema.

Logo após esse encontro, como se estivesse previsto no cronograma, num vinte e quatro de agosto, passados nem trinta minutos de uma aula de sessenta, batem à porta.

– Professora, com licença. Sua irmã ligou. Disse que a sua afilhada vai nascer e que precisa de ajuda. – Calma como água de lago, informou-nos a secretária.

A gritaria foi geral.

Tremendo, comecei a pegar minhas coisas; precisava correr: um bebê iria nascer! As crianças juntavam seus materiais, que caíam, falavam ao mesmo tempo por todos os lados, as cadeiras se desequilibravam; um pandemônio.

Parei.
— Clap! Clap! Clap! Gente! Calmaaa! Vamos fazer o seguinte. — Assumi minha entidade administrativa, que tudo governa quando me perco.
— A aula de hoje acabou e vocês podem ir pra casa. Alguém aqui ainda não sabe voltar sozinho? — Ocupava-me como se um bebê não estivesse nascendo.
— Profe! É menino ou menina? — Esqueceu-se da urgência.
— Me... — Profe! Qual o nome dela? — É D... — Profe! Qual o nome da tua irmã?
— Conto tudo na próxima aula. — Desvencilhei-me.
Esbaforida, cheguei na casa da minha irmã.
— Tá... no banho? — Sobressaltei-me.
Com uma das mãos segurando a barriga, e a outra o secador de cabelos, atualizou:
— Tá nascendo. Vou secar os cabelos, e já vamos.
Fiquei perplexa. A TV me ensinou repetidas vezes que parto é assim: estoura a bolsa, vem a dor, e nasce a criança onde quer que a gente esteja.
— Será que ela sabe disso? — Matutava nervosa.
Naquela época eu não sabia dar ordens, muito menos para a irmã mais velha.
No hospital, logo descobrimos que o parto seria por cesariana. E ela me quis junto. Concordei. O pai da criança estava ali, firme; não seria eu a cair.
— Nasceu, profe? — Foi o assunto da aula seguinte.
A vida nos pautava.
Seguimos assim até eu descobrir, no ensaio geral da missa de final de ano, que minha turma e eu não sabíamos cantar as músicas previstas no livrinho. Tentávamos acompanhar o coro, mexendo a boca para aprendê-las na marra, mas ficava feio. Que vergonha! O padre, ao me convidar para seguir com o ofício no ano seguinte, parecia me perdoar.
Recusei. Eu tinha de aprender para poder ensinar.

Assumi a tarefa em outros contextos. Muitas aulas, muitas informações, muitas pessoas. Não tenho certeza se consegui ensinar alguma coisa.

Garanto que aprendi.

Ao finalizar seu Mestrado, uma estudante, orgulhosa de seu percurso, presenteia-me com um agradecimento pela minha contribuição. É uma caneca branca na qual está ilustrada sua pesquisa, o meu nome, e a seguinte frase: *Feliz aquele que transfere o que sabe e aprende o que ensina.*

Não entendo. Mas não duvido.

# Viver é sagrado

Descobri o sagrado bem cedo; nasci no dia de São Miguel. Ganhei uma medalhinha dele, e virou meu primeiro altar, ainda que móvel.

E o transcendente seguiu se revelando pouco a pouco durante a minha infância.

Morar no Bom Fim me dava a alegria de receber a visita do Divino no Pentecostes. Era uma festa mágica, colorida. O estandarte chegava pelas mãos de alguns escolhidos, que cantavam. A pomba de metal, com aquelas fitas coloridas, andava por dentro de casa, e o padre vinha junto, abençoava tudo. Era grandioso!

– Quem é o Divino? Quem é esse tal de Espírito Santo? – Lógico que eu não me perguntava nada disso.

O estandarte, a bênção, Deus na nossa casa! Era lindo e inquestionável para mim. Via a presença, mas também a sentia, e meu corpo vibrava junto.

Mudamos para São Paulo quando eu tinha nove para dez anos. Lembro que eu não queria ir.

– Só vou se tu me comprar uma Nossa Senhora dos Navegantes.
– Enchi a paciência da minha mãe.

Ela comprou. E fomos.

Era uma santa enorme; devia ter uns trinta, quarenta centímetros. Ela compôs meu segundo altar, agora fixo.

Meu pai era muito devoto dela. Na verdade, de Iemanjá e de São Jorge. Este ele fixou na porta da nossa casa, todo vestido de metal e aplicado numa madeira. Quanto a ela, a encontrávamos no dois de Fevereiro, durante a procissão.

Os barcos saíam com bandeirolas coloridas e levavam a imagem da santa. Nossa Senhora dos Navegantes para uns, Iemanjá para outros, não fazia a menor diferença. Era uma festa de rua: misturava alegria, devoção, fé e gratidão com o calor, o branco, o azul e o vermelho das melancias. As pessoas cantavam e dançavam. Para meus olhos de criança, aquilo era tudo.

Uma energia viva, morna e envolvente circulava por mim, pelas pessoas e pelo lugar. Não conhecia nenhum conteúdo racional nem abstrato do que fosse crença, fé; aquilo simplesmente era.

Levei um pedaço disso tudo comigo para São Paulo naquela imagem; sua presença me acompanhava.

Voltamos. A imagem da santa, não.

Eu já tinha de treze para quatorze. Já havia menstruado, e até os dezessete meu altar foi preenchido por outros interesses... As festas do Divino deram lugar a outras festas; eu me meti em grupos de jovens, movimento estudantil, em tudo quanto é coisa.

Embora todo questionamento intelectual, filosófico, político, curiosamente as pessoas me achavam mística demais para ser revolucionária: havia algo genuinamente meu que aparecia.

Mas nunca me perturbava. Porque os discursos não me interessavam. O sagrado não era uma questão de dogma, crença, de isso e aquilo, mas de conexão, experiência direta. Deus, e não importa o nome que tenha, para mim, é uma força masculina e feminina... que dança. E estamos aqui por conta dessa força criadora e criativa. Ponto.

Minhas convicções, contudo, não impediram que eu sofresse decepções ao longo de minha devoção.

A pior delas aconteceu antes de nossa viagem, entre meus oito e nove. Estudava num colégio público, laico, mas uma pessoa ofereceu a possibilidade de fazermos catequese. Os pais foram consultados; os meus não se opuseram, e eu, como todo mundo foi, fui.

As aulas eram dadas numa capelinha. A professora era um amor; cantava e não nos ensinava nada sobre essa história de pecado... A culpa e o pecado nunca se associaram ao sagrado, nem ali, graças a Deus e aos orixás.

– Vocês vão ver que alegria é a Primeira Comunhão. – A professora vertia entusiasmo.

– Jesus vem para o coração. – Antecipava.

— LSD! Ecstasy! Orgasmo cósmico! — Minha alma radiou; mesmo sem conhecer nada disso com aquela idade.
— Jesus vai entrar no meu coração! — Eu esperava a teofania.
O dia chegou.
Estávamos ali, toda garotada do colégio, vestidinhos de comunhão, e eu naquela expectativa.
Entrei na fila.
— Hum... Coisa meio sem graça essa hóstia... — Pensei, mas a recebi e voltei ao meu lugar.
Fiquei esperando.
Olhei para os lados.
— Será que Jesus não vai vir?
— Será que ele veio para os outros e não veio para mim?
Olhava mais e mais para os lados. Todo mundo... normal.
A missa terminou.
Na comemoração para celebrar o sacramento, eu não via nem sentia festa alguma dentro de mim.
— Ô, mãe! Não aconteceu nada!
— Mas o que tu queria que acontecesse?
— O Jesus!
— Que Jesus?!
— A professora disse que o Jesus viria no coração da gente.
— Nãããoo! Isso é só um jeito de falar... Não ia acontecer nada mesmo.
— Não ia acontecer nada?!
— É assim mesmo, minha filha, é simbólico.
Eu me senti enganada e traída.
— Pô! Era muito mais legal a pomba passando dentro de casa.
Custei para entender que aquilo tinha sido uma expectativa infantil. Fiquei ressentida com aquele entusiasmo todo da minha professora.
— Não é mágica, não é pó de pirlimpimpim, não dá barato, enfim...
Essa decepção foi grande, mas deixei passar. O divino foi tão intrinsecamente entretecido comigo, que não sabia nem sei me separar.

Segui a vida. Aos vinte e um saí de casa e montei uns três ou quatro altares na minha casa.

Já aos trinta e três, ganhei a consciência de estar a serviço disso... trinta e três... talvez tenha sido aí, nessa idade crucial, que a comunhão chegou, enfim, no meu coração.

Passei a compreender mais e mais sobre o sagrado. Infelizmente não é apenas uma festa mágica, colorida. Jesus que o diga; nem tudo foram flores para Ele. Quem dera fosse eu um ser iluminado... Ó! Não, nada disso.

O divino não é algo para o alto, avante e acima. E eu não o sinto o tempo todo. Parece funcionar como a onda do dial. Está aí, mas sou eu que não me sintonizo o tempo todo, especialmente quando me deixo atormentar pelas coisas existenciais.

Experiências estéticas bonitas me sintonizam: um pôr do sol, um abraço, o olhar do filho. Mas aprendi que a dor, o sofrimento e o desafio também. Então, quando estou com raiva, triste ou preocupada, o divino me chama para um estado de presença, e não de enredamento. E aí eu sinto a onda da energia viva ungida dentro de mim. Só me exige atenção constante. Tudo é dialético, e essas coisas todas têm que se abraçar.

A voz da presença me ensina que o sagrado se revela no cotidiano da vida.

Em todas as suas (des)graças.

# Anjo da guarda, eu?

Foi em torno dos oito anos que meu anjo da guarda se revelou. Minha mãe falava muito sobre sua existência. Por obrigação, tínhamos de rezar o Santo Anjo todas as noites... – Santo Anjo do Senhor, meu zeloso guardador, se a ti me confiou... Eu gostava. Mas me incomodava um pouco quando ele era substituído pelas orações do terço... Completo.

Nunca recebi sinais, mensagens, sequer tive visão alguma durante esses momentos de sentenciada conexão. Foi tudo por acaso.

Meus pais eram pequenos agricultores lá em Arroio das Pedras, nome que representa bem a paisagem do lugar. Na propriedade, havia muitos pés de araticum, fruta que a gente chamava de *affenpear*, a fruta do macaco, ou de que os macacos gostavam, embora nunca tivessem sido vistos por lá na minha infância.

Eu era unha e carne com meu irmão um pouco mais novo, muito embora tivéssemos de nos separar para garantir o sucesso de algumas de nossas aventuras, como fizemos naquela.

– Olha! Tem um araticum no ponto lá em cima! – Apontei para o alto daquela imensa árvore.

Era um lindo exemplar, maduríssimo, no topo da nossa árvore.

– Esse aí não vai escapar. – Desafiamos.

Eu me fui para cima e meu irmão, lá de baixo, alcançou-me uma taquara. Somando a altura que eu já havia subido com o meu tamanho e mais o da taquara, ainda assim faltava um palmo para alcançar a preciosa.

A gente não sentia medo, embora eu já tivesse observado que o entorno daquela árvore não era feito do arroio, mas sim das pedras; cascalho puro.

– Se cair nessas pedras, eu morro! Não tem salvação! – Foi o que pensei antes de escalar.

– Vou subir mais um pouco. – Escolhi; era isso ou ficar sem a fruta.
Pisei confiante num galho que estava logo acima, distância suficiente para atingir a meta, e...
– *Crec*! – Ele estava seco.
– *Scheiss*! – Deixou escapar meu irmão, enquanto eu despencava em queda nada livre, e rápida.
Não deu tempo de contar os galhos por que passei raspando, e nenhum deles foi capaz de amortecer, nem de evitar minha ruína.
Foi aí que vi meu anjo em ação. Ele estivera lá embaixo segundos antes, calculara tudo, e fizera de uma moitinha o alvo do acidente. Caí exatamente no meio dela, amortecido por seus pequenos arbustos. Em seguida chegou a taquara, que, raspando em mim, resultou fincada no chão.
– *Scheiss*! – Eu também teria deixado escapar se tivesse conseguido falar alguma coisa.
Meu irmão me pegou rápido pelo braço e me conduziu até em casa para perto da mãe.
– Mas como é que não vi que aquele galho estava seco?
– Como é que a taquara não fincou em mim?
– Como é que fui cair justo dentro daquela moita?
Por dentro eu não estava nada quieto.
– Tu tá todo branco! – A mãe se apavorou quando me viu.
Levou-me ao banheiro e me deu um banho de água de poço, que é sempre muito mais fria que água fria da torneira; precisava ser assim para tirar o susto.
Bendita água! Uma hora depois, eu estava novo em folha. Pode ser que meu anjo tenha interferido aí também, pois, pensando bem, essa mesma água já me salvara outras vezes. Parecia então que meu anjo podia vir pelo ar, pela moita, pela água...
– Vamos de novo apanhar aquele araticum? – Cutuquei o meu irmão, para cumprirmos a meta.
– Olha aqui, mãe! Foi por causa desse araticum aqui que eu caí.
– Evidenciei.

E comemos o mais delicioso araticum das nossas vidas.

Hoje o meu anjo da guarda vem pela consciência, orientando-me.

– Vai por aqui, não vai por ali...

Não sei se ele está em todas, nem se eu sigo suas recomendações à risca, mas eu o sinto presente.

Pelo que vivi, os anjos parecem ser bem versáteis mesmo. Recentemente, uma pessoa que admiro provocou mais uma revelação para mim: disse-me que eu era um anjo da guarda naquilo que me propunha a fazer.

Não sabia que os anjos vinham também como pessoas.

E não faço ideia de como isso pode acontecer; não sei se fui, nem mesmo se posso ser.

Mas, se os anjos, por mais que às vezes se distraiam quando avançamos pelos galhos secos da vida, dão o seu melhor para tentar promover o nosso... Aí até pode ser que sim.

# Vida encantada

Eu no país das maravilhas; assim vivi minha infância. Acreditava nas pessoas, tudo era bom, tinha muitos amigos, e minha mente era rica de histórias.

Sempre muito ativa, ensinava coisas novas para minhas amigas, inclusive a fumar, embora não fosse fumante, e todo mundo aprendeu.

Viver me encantava de todas as formas. E o Natal parecia reunir o que eu mais apreciava: as pessoas, os presentes, os brilhos; e a magia acontecia.

Preparávamos a casa toda para a chegada do Papai Noel.

A árvore era um pinheiro de verdade, enorme, tocava o teto. Plantávamos num latão e cuidávamos para que não morresse até a noite mais esperada. Era lindo.

Eu escrevia a carta para o Papai Noel, com meu pedido, e a mãe se encarregava de fazer chegar até ele.

A partir daí começava a sentir os cheiros do Natal, mistura de adrenalina com contos de fada... e também os seus sabores, sempre doces; mergulhava naquela atmosfera enquanto zelava pelo meu comportamento. Meus pais nunca me deixavam esquecer de que a satisfação do pedido estava condicionada ao meu desempenho disciplinar... Sempre ganhei.

No Natal dos meus seis anos, nunca me esqueço, ganhei minha primeira bicicleta, bem do jeitinho que sonhei; era perfeita.

Naquela véspera, preparamos a ceia e nos vestimos bem festivos. Eu estava com uma calça laranja, boca de sino, uma blusinha laranja e branca com mangas bufantes, cabelinho Chanel. Seguíamos todo um protocolo. Todos prontos, pai, mãe, irmã mais nova, tia e eu, partimos ao centro da cidade para ver os enfeites e as luzinhas.

– Vamos logo! Não podemos demorar. Papai Noel pode chegar a qualquer momento... – Meus pais aceleravam.

O centro da cidade estava todo iluminado. Havia cores, muita purpurina, muito brilho... Eu achava tudo lindo. As luzinhas se acendiam na minha alma, que parece ser bem brilhosa.

Voltas para cá, voltas para lá, e de repente o carro deu uma parada.

– Barbaridade! Furou o pneu. – Anunciou meu pai.
– Tá! Furou o pneu... – Foi minha reação.
– Vou ter que arrumar. – Constatou.
– Tá. – Não dei muita bola.

Porque eu me encantava com tudo, e esse era um assunto de menor importância diante daquilo.

Descemos do carro e continuamos dando voltas, a pé, enquanto o pai foi providenciar o conserto. Resolveu, voltou, e fomos direto para casa.

– Adivinha o que estava pronto por lá? Chuta...

O Papai Noel viera! Todos os presentes rodeavam a nossa árvore. E estava lá, paradinha, a bicicleta dos meus sonhos.

– Meu Deus! O Papai Noel veio bem na hora em que fui arrumar o pneu!
– Ah... Meu Deus, não vamos mais poder encontrá-lo.

O pai lamentava em alto e bom tom.

– Não importa! – Consolei.
– O que queria ganhar, ganhei! Ele trouxe minha bicicleta. – Eu radiava.

Foi aquela festa.

O pai era uma pessoa muito interessante, porque cuidava desses detalhes. Não podia dar nenhum furo, pois era magia... E a gente não se antenava. Eu também cuidei dessa parte para minhas crianças; não podia quebrar isso.

Até hoje o Natal me remete a fantasias, desejos realizados, essa coisa toda. E acredito que Papai Noel existe, pois faz muita gente feliz.

Mas, acima de tudo, acredito na magia. Para mim, ela é a realização de sonhos; tudo pode acontecer. Existe algo que a gente não entende, que não se sabe de onde vem, mas que acontece. É pedir e receber. Mesmo que o movimento da vida esteja longe de ser linear.

Funciona mais ou menos assim: em primeiro lugar, é preciso deixar claro o que se quer. Determinar mesmo, pois o universo precisa saber qual é nosso sonho. Em segundo lugar, é importante assumir um compromisso com aquilo, fazer o que se espera, pois, se a gente não fizer, o sonho pode não se realizar. Por fim, cabe compreender que essa intenção se insere num plano maior: outras pessoas participam, circunstâncias aparecem, imprevistos podem tomar conta da cena, mas, de repente, a coisa simplesmente acontece.

Em minha trajetória, fui realizando sonhos: ganhar a bicicleta, morar no centro, fazer faculdade, ter reconhecimento profissional, ser mãe, viajar para o exterior, morar perto do mar, casar na praia... tudo virou minha realidade.

Observo muitas pessoas à deriva, apáticas, sofrendo, sem sentido, sem sonhos... desencantadas. E tento, do meu jeito, e de muitas formas, dar um toque de acreditar, um toque de transformar a própria vida, de resgate. Quando vejo que as luzinhas se apagaram em alguma alma, busco reativar sua magia.

Não é fácil superar os apagões que acontecem ao longo da vida. Mas eu os vejo como os desafios inevitáveis em toda jornada de heróis e heroínas. Estão aí para serem vencidos, com muita ação e pitadas de magia.

Porque são as histórias encantadas que se inspiram nas nossas vidas.

Não posso quebrar isso.

# Presença da solidão

Eu sentia a solidão.
– Mas criança é só alegria, brincadeira, um eterno verão. Não?!
Comigo não.
Por sorte, a terra e o céu me escoltavam. Quando não havia mais para onde correr, recorria a eles. Reanimavam meus sentidos, conheciam meu ponto fraco. Ando descalça até hoje sempre que posso. É isso que me liga à terra. Basta uma sola emborrachada para que eu me sinta menos viva. Gozar das diferentes temperaturas, desde o piso frio até a areia quente, altera a pressão do acalcar dos passos, e a passagem se faz mais ou menos ligeira. Com isso aprendi que só mesmo pisando podem ser conhecidas diferentes paisagens.

Afundar os pés na lama fresca, sentir seus gomos subirem por entre os dedos em nado sincronizado, era minha fusão sublime.
– Urgh! Mas que nojo! E a sujeirada toda?
– Terra é terra! Não é sujeira; sai com água.

Eu podia me enlamear quando pequena. Lavava no tanque. Era brincadeira vital para mim, uma criança que tinha seus momentos de solidão. Não era tristeza, nem tédio; era um vazio. E a sensação de pisar e repisar num frescor com substância me adotava; ali eu me sentia terra na terra. Eu grudava em algo íntimo e estranhamente muito meu, e repousava meu deserto como se alcançasse o oásis infinito. A lama acolhia minha alma.

O barro não podia ser construído pelas mãos; devia ser forjado pela chuva e revolvido por rodas de carros ou tratores na estrada de chão. Isso tramava a perfeita tessitura de sua textura lisa.
– Pega a escovinha e esfrega bem as unhas.

Pouco resolvia. O estar com a terra era diário, tinha que ser assim. Então seus vestígios entranhavam pelo corpo, de grão em grão, como parte de mim. Estar encardida era estar acompanhada: elo profundo, secreto e silencioso. Eu não conversava com a terra, nem ela comigo. Apenas nos embebíamos uma da outra, deslizantes e entregues ao prazer do encontro.

– Lixa os pés! Está um cascão.

Trotear descalça pelo chão transformava a convidativa planície macia das minhas solas em cânions vincados.

Lixava pouco. Não podia me desfazer da casca, que me tornava mais tolerante para suportar as adversidades das trilhas. Mas ela tinha seus limites. A dor de caminhar pela brita pontiaguda ou pelas brasas da fogueira, essas não havia espessura de cascão que conseguisse evitar para mim. Assim descobri os riscos.

Deixava pegadas. Vestígios de errância para provar minha existência. As preferidas eram aquelas resultantes das quebras dos platôs secos das montanhas de terra vermelha. Havia terra aerada que se abrigava do sol embaixo daquelas tampas finas, e meus pés ansiavam por conquistá-la. Quase podia ouvir o barulho crocante do rachar da superfície seca. O pouso no fofo e úmido tragava-me; eu me sentia hasteada como bandeira firme no topo daquela doce invasão.

Era uma solidão a duas: a terra e eu.

Mas quando todos os territórios pareciam estar dominados ou evitados, e a melancolia derramava-se sobre nós, cansadas de serem uma para a outra, eu buscava o céu.

E ele não podia ser pisado. Então eu não conseguia tocar no sol, saltar nos buracos da lua, deitar nas nuvens, segurar estrelas, agarrar-me no rabo do cometa, escorregar pelo arco-íris...

Observei as árvores e tive uma ideia: elas e eu compartilhávamos da mesma paixão por terra e céu. Suas raízes entranhavam-se na profundidade de baixo, enquanto os galhos alongavam-se para a vastidão de cima. Então bastava eu, com seu apoio, alongar os meus.

Tentava todo dia. Fazia um esforço para subir na primeira forquilha da árvore, a cerca de sessenta, setenta centímetros do chão, e parava.

Olhava para baixo e me apavorava. Os músculos ficavam rígidos, minhas pernas tremiam. Buscava fingir alguma satisfação, mas descia caramujada sobre mim mesma.

— Será que meu destino é chegar ao céu caindo de uma árvore?

— Não! Precisava senti-lo viva, do jeito que sentia a terra. Mas eu tinha medo de altura.

Aos poucos percebi algo estranho. Via nuvens em neblinas, anjos em beija-flores; o sol tocava em mim pelo seu calor... Quando os vaga-lumes vinham aos montes, faziam-me sentir como se estivesse dentro do céu estrelado. Enchia vidros de conserva com eles; viravam lanternas. Perambulava pela noite com suas luzinhas e depois os devolvia ao ar. Muitas outras visões e sensações me dava esse céu sem céu.

Hoje, a dinâmica se mantém da terra para o céu, e vice-versa. Mas descobri uma diferença. Existe solidão vazia e solidão cheia. Na vazia, a gente sobe e desce sem parar; esticamo-nos quase até rasgar. Na cheia... bem... estou ainda a descobrir. Mas o fato é que se revelou em outro espaço.

É um santuário, refúgio, uma caverna, muito exuberante em tudo que se possa imaginar. Fica logo ali, no centro do peito, onde mora meu coração.

Nele, é preciso apenas fazer o de cima descer e o de baixo subir. Curioso é que tudo acontece sentada, imóvel, de olhos fechados, respirando; e não exige banhos nem vidros. A conexão dos extremos é um festejo morno de amor. Tudo está ali. Não há falta.

É o instante eterno no qual a solidão se preenche com a minha presença.

# Chama do Amor

– Não vai haver banquete desse jeito.
– Nada de peixe. Vai ser um vexame.
– Hei! Minha rede enredou alguma coisa.
– Um pedaço de tronco, certamente...
– É uma cabeça!
– Pera! Ontem veio outra coisa. Era um corpo.
– Vamos ver se encaixa...
 Tem cola?
– Cara, estamos em 1717. A cola vem depois... Dá um jeito!
 E peixes e mais peixes surgiram quando os pescadores grudaram o corpo e a cabeça de Nossa Senhora da Conceição Aparecida: o banquete estava garantido.
FIM

– Garota! Essa é a história da Padroeira do Brasil. Podes tentar escrevê-la de um jeito mais santo?
– Quem é você?
– Sou a voz da tua consciência.
– Prazer! Agradeço a sugestão, mas terá de ficar assim mesmo. Nem era minha intenção escrever essa história, que está acessível em qualquer canto do Google. Tenho outras coisas para contar.
– Então, por que começar por ela e não ir direto ao ponto?
– Sabe, gosto de escrever sozinha. Pode dar licença, por favor?
– Há! Quero só ver...
– Exato! Tu só crês no que vês... Quero escrever sobre isso, se parar de me atrapalhar.
– Então o conto é sobre mim?
– Não! É sobre Nossa Senhora Aparecida, o Dia das Crianças e o Brasil.
– Oi? Tu pareces não estar bem hoje...

– Vamos fazer um combinado? Senta aí, me dá cinco minutos, em total silêncio, e deixa eu escrever. Depois eu sento contigo, e tu me dizes o que achaste, pode ser?
– Posso usar teu cronômetro?
– Ué! Não é tu que sabes de tudo? Conta mentalmente! Três, dois, um... Valendo!
– Por favor, Iemanjá, atenda o meu pedido.

De cabeça baixa, olhos fechados, mãos espalmadas uma contra a outra, era assim que eu pedia por seus milagres durante minha infância. Ela sempre me atendia.

A santa ficava na cozinha da casa dos meus pais, sobre um móvel de canto, aéreo. Sempre elevada, tinha visão privilegiada de tudo.

– Olha! Tá ficando bom, mas uma dúvida: essa eu, tua criança, era tu – tu ou tu – eu?
– Pedi cinco minutos do teu silêncio. Cadê?!
– Okeyyy... Segue...

Descobri que não era Iemanjá já em idade avançada. Não sei por que pensei que fosse. Mudei de casa, de cidade, e ela ficou lá, sob devoção, até o dia dezoito de maio de dois mil e vinte e dois.

Na década de sessenta do século passado, numa viagem de caminhão, meus pais foram ao santuário buscá-la.

– O que os fez sair de Erechim, percorrer estradas até o santuário, de caminhão, para buscar uma estátua?
– Nunca saberei. Descobri tarde demais, pois eles já partiram. Ficou apenas essa estátua, que, pela generosidade de minha madrasta, minhas irmãs e minhas tias, agora está comigo.
– Sempre esteve.
– Olha! Uma novidade! Então quer dizer que tu acreditas naquilo que tu não vês?
– Não te metas a espertinha comigo! Só queria te avisar que se passaram dois minutos. Não vou mais interromper o fluxo divino, encantado e imaculado das palavras que jorram por meio de tua criatividade... Digita, digita, anda! Só uma perguntinha antes... Quando tu vais juntar o Brasil e as crianças à Nossa Senhora Aparecida?

– Se prometer ficar quieta, pode ser agora.
– Juro pela minha mãe mortinha!
– Não vale. Tua mãe é a mesma que a minha, e ela já morreu faz tempo.
– Então juro por minha conta e risco; sou consciência e sempre tenho razão.
– Aceito. Assim: a Santa que protege o Brasil estava dividida. O Brasil está dividido. Tudo vai funcionar quando houver conexão, quando juntarmos sua cabeça e corpo.
– Não sei se chamo a Samu ou os bombeiros. Brasil tem cabeça e corpo agora, por acaso? Tá louca?
– Ué, tudo tem cabeça e corpo, não sabia? Logo tu? Lembra quando estudamos sobre o imaginário e sobre toda a história do iconoclasmo ocidental, aquela que Durand escreveu tão bem sobre a...
– O que é o imaginário mesmo?
– Esqueceu? É a matriz pela qual nasce todo o pensamento racional.
– Então imaginário é um corpo que faz nascer uma cabeça?
– Não, é matriz.
– Mas o pensamento racional não é coisa da cabeça?
– É.
– Então o imaginário é uma matriz do corpo e da cabeça do pensamento racional?
– Isso. E também de todos os outros tipos de pensamento que são possíveis. É tipo Deus, a origem, a fonte, o princípio... Só que fica algumas camadas depois disso tudo.
– Então não está nada, nunca, separado?
– Nunca. Sinceramente? Achei que tu fosses mais inteligente; afinal, é minha consciência! E aqui estou eu, ensinando-te coisas que tu deverias me ensinar, e ainda por cima descumprindo minha parte no nosso pacto de silêncio.
– É que sou apenas a tua consciência, não o imaginário... Estou querendo saber onde tu queres chegar com tudo isso. Se tudo está sempre conectado, qual o problema?

— O problema é justamente esse. Passamos a acreditar no contrário, que tudo está separado, individualizado e que pode, e deve, ser explicado racionalmente. Criamos uma cabeça, que julgamos mais nobre que o resto, e a opusemos ao corpo, uma parte mundana, como se os dois fossem excludentes. Assim geramos uma verdadeira guerra dentro de nós.
— Humm... E o que as crianças têm a ver com tudo isso?
— Lembras de quando Durand escreveu sobre elas, citando Lévi-Strauss?
— Uma das coisas que mais odeio é quando ficas me perguntando se me lembro de algo. Já não me conheces o suficiente para saber que me esqueço das coisas?
— Verdade! É que existem coisas que não podem ser esquecidas.
— Mas eu sou feita de lembranças e de esquecimentos.
— Então, concordas que não podes te meter a querer mandar e controlar tudo, certo? Existem mais lugares em mim além de ti, que guardam e sabem das coisas.
— E a criança? Vamos! Estou com pressa! Já estouraram os cinco minutos, e a roupa já deve estar pronta para ser recolhida do varal.
— Tua praticidade é muito bem-vinda em certos momentos, confesso... Bem, a criança, segundo eles, manifesta polimorfia social.
— Coitada! É grave?
— Não é doença! É a cura!
— Detesto tuas meias-voltas.
— É assim... Isso quer dizer que as crianças possuem, como eles dizem, "a integralidade dos meios de que a humanidade dispõe, desde toda a eternidade, para definir as suas relações com o mundo".
— Como assim?
— Simples. As crianças não dividem.
— Verdade! E é muito ruim a fase em que não querem dividir nada com os coleguinhas. Uma vergonha para os pais!
— Minha Nossa Senhora, rogai por nós! Não é isso! Isso quer dizer que as crianças aprendem a classificar e a separar as coisas ao longo da vida, e isso é, por um lado, constitutivo do humano. Mas, ao

mesmo tempo, quando somos adultos, ficamos adultecidos, e precisamos reconectar muitas partes que ficaram perdidas e esquecidas pelo caminho.
– Por que precisamos?
– Para sermos mais felizes, ora!
– Por que acha que somos tristes?
– Não vê? Ansiedade, remédios, suicídios, remédios, guerras, remédios, ódio, remédios... Isso por acaso é alegria pra ti? Já ouviu falar de acolher a criança ferida, encontrar a criança encantada, tudo aquilo que se fala quando se busca autoconhecimento?
– Ah, aquela história da criança que nos habita e tal...
– Isso! Mas não é uma só. São, no mínimo, duas. A que se sentiu machucada e a que está por trás dos ferimentos e aguarda para ser vista e celebrada.
– Posso dizer que a criança seria o corpo, e o adulto seria a cabeça?
– Opa! Agora gostei!
– Certo! Deixa ver se entendi: Nossa Senhora Aparecida protege o Brasil. Sua mensagem vem pelo seu exemplo. Ela nos lembra que houve uma ruptura, instalou-se uma ferida da separação, e a única solução, para garantir a abundância e a alegria, é a reconexão dessas partes, cabeça-corpo, criança-adulto, como quiser.
– Aham! Creio que sim. É bem assim que consigo juntar tudo.
– Qual é a cola?
– Bem, acho que se chama Amor.
– Não deve ser. Amor é muito fácil.
– É simples; fácil não é.
– Nossa Senhora Aparecida é demais mesmo. Que tal uma vela para ela?
– E também para nós.
– Vamos cuidar, juntas, para que essa chama não se apague?
– Eternamente.